Zu diesem Buch

«Während die angestrengten und geradezu verzweifelten Bemühungen zeitgenössischer Schriftsteller um den Roman in den meisten Fällen nur zu problematischen oder qualvollen Ergebnissen führen, gibt es im Bereich der Kurzgeschichte beachtliche und vorzügliche Leistungen ... Und im Bereich der Kurzgeschichte gibt es im ganzen deutschen Sprachraum nur sehr wenige Schriftsteller, die Gabriele Wohmann auch nur gleichkommen ... Details in beiläufigen Beschreibungen, sparsam eingeführte Requisiten, alltägliche Redewendungen und gelegentliche Anspielungen in den Dialogen – es sind meist Nuancen und Winzigkeiten, die die Atmosphäre bewirken. Und die Atmosphäre ist es vor allem, die uns fast immer spüren und erkennen läßt, was fast nie gesagt wird: daß diese Geschichten in bundesrepublikanischen Städten spielen, in den späten fünfziger und in den sechziger Jahren ... In der ersten Geschichte des Bandes – ‹Ein unwiderstehlicher Mann› – wird eine neununddreißigjährige Lehrerin in einen für ihr Alter – wie sie meint – ‹nicht nur lächerlichen und unwürdigen, sondern auch außerordentlich schmerzhaften Zustand› versetzt: Sie verliebt sich. Obwohl der Mann von ihr nichts wissen will und ihre Gefühle nicht einmal ahnt, glaubt sie, auch eine hoffnungslose Liebe könne ‹ein Ausweg aus der Umklammerung der Langeweile› sein. Doch in Wirklichkeit kann sie sich mit ihrem ‹absatzlosen Liebesvorrat› nicht abfinden, sie fühlt sich benachteiligt und ausgeschlossen ... In der ‹Großen Leidenschaft› und in mehreren anderen Stücken der Sammlung zeigt es sich, daß Gabriele Wohmann die Technik der Kurzgeschichte virtuos beherrscht ... Ihre Geschichten haben stets einen eigenen, herben Ton. Meist bewirkt ihn die glückliche Verbindung von kühler Sachlichkeit und Herzlichkeit, von betonter Skepsis und spröder Zärtlichkeit. In diesen anmutigen und zugleich strengen Etüden findet sich viel Bitterkeit, aber kein Zorn, viel Gram, aber weder Wut noch Haß. Es sind fragile und dunkle Idyllen aus dem Alltag gewöhnlicher Menschen, es sind epische Paraphrasen in Moll, immer etwas ironisch und niemals höhnisch» (Marcel Reich-Ranicki in «Die Zeit»).

Gabriele Wohmann, geboren am 21. Mai 1932 in Darmstadt als Tochter eines Pfarrers, studierte Germanistik und arbeitete als Lehrerin in einem Internat. Sie veröffentlichte zunächst unter ihrem Mädchennamen Gabriele Guyot den Erzählungsband «Mit einem Messer» (1958). Es folgten die Romane «Jetzt oder nie» (1958), «Abschied für länger» (rororo Nr. 1178), «Ernste Absicht» (1970), «Paulinchen war allein zu Haus» (1974), «Schönes Gehege» (rororo Nr. 4292) und «Frühherbst in Badenweiler» (1978), der Gedichtband «So ist die Lage» (1974), die Prosabände «Übersinnlich» (1972), «Theater von innen» (1966), «Selbstverteidigung» (1971) und «Gegenangriff» (1972), die Erzählungsbände «Sieg über die Dämmerung» (1960), «Trinken ist das herrlichste» (1963), «Ländliches Fest und andere Erzählungen» (1968), «Sonntag bei den Kreisands» (1970) und «Habgier» (rororo Nr. 4213), die Hörspiele «Komm donnerstags» (1964), «Die Gäste» (1965), «Norwegian Wood» (1967), «Der Fall Rufus» (1969), «Kurerfolg» (1970), «Der Geburtstag» (1971), «Tod in Basel» (1972), «Mehr oder weniger kurz vor dem Tode» (1974) und die Fernsehspiele «Das Rendezvous» (1965), «Große Liebe» (1966), «Portrait einer Schichtarbeiterin» (1968), «Die Witwen» (1972), «Entziehung» (1973) und «Heiratskandidaten» (1975). Gabriele Wohmann erhielt mehrere Preise und Stipendien. Ihren Stil charakterisiert Karl Krolow als «das Zusammentreffen von literarischer Gewissenhaftigkeit und treffsicherer Schärfe der Mitteilung».

Gabriele Wohmann

Ein unwiderstehlicher Mann

Erzählungen

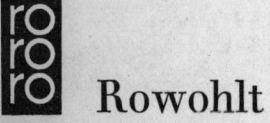

Rowohlt

Umschlagentwurf Werner Rebhuhn (Foto der Autorin: Fritz Peyer)

1.–18. Tausend Dezember 1975
19.–25. Tausend März 1976
26.–35. Tausend Juli 1976
36.–45. Tausend Juni 1977
46.–55. Tausend Mai 1978
56.–68. Tausend Dezember 1978

Veröffentlicht im Rowohlt Taschenbuch Verlag GmbH,
Reinbek bei Hamburg, Dezember 1975
Copyright © 1966 by Langewiesche-Brandt KG.,
Ebenhausen bei München
Gesamtherstellung Clausen & Bosse, Leck
Printed in Germany
380-ISBN 3 499 11906 4

Ein unwiderstehlicher Mann

Das Ganze liegt jetzt schon ein Jahr zurück, und es ist eigentlich traurig, daß ich mit Weihnachten nichts besseres anzufangen weiß als eine Geschichte zu Papier zu bringen, die ausgesprochen unweihnachtlich ist. Das Weihnachtsfest einer alten Jungfer, die es verschmäht, eine fortschreitende Ergrauung ihrer Haare in Zusammenarbeit mit einem tüchtigen Friseur zu bekämpfen, kann aber vielleicht nicht sinnvoller begangen werden als mit der intensiven Versenkung in eine Vergangenheit, die ihr die Erbärmlichkeit ihres Jungfernstandes recht grausam vor Augen führte.

Ich erinnere mich allzu genau an jenen Weihnachtsabend vor einem Jahr, an Allans nervösen rechten Fuß, der unaufhörlich auf und ab wippte, an Brendas versteinertes Gesicht und an den fatalistischen Ausdruck auf den blassen Zügen der kleinen Wilden, an ihre langen, ineinanderverkrampften Finger mit den dunkelrot gefärbten Nägeln. Und zwischen diesen dreien saß ich und ich weiß noch sehr gut, daß ein unbehagliches Gefühl, das mir meine bloße Anwesenheit in dieser Gesellschaft verursachte, mit einem starken Druck auf den Magen koordiniert war, und daß ich, neben allen anderen Empfindungen, den dringenden Wunsch verspürte, den Reißverschluß meines engen Tweedrockes zu öffnen. Ich tat es schließlich und ich verbarg die schändliche Stelle, die eines der Symptome meines Alterns verriet, mit einem Zipfel meiner schwarzen Stola.

Aber ich muß von vorne anfangen, um die Kontinuität begreiflich zu machen, die diesen verhängnisvollen Abend endlich hervorbrachte. Es begann mit einer Einladung Brendas in ihr kalifornisches Heim, wo ich die Sommerferien verbringen sollte. Ich war damals noch amerikanischer Neuling, ich fühlte mich fremd und isoliert in der kleinen Stadt im mittleren Westen, ich kam mir vor wie ein winziges Pünktchen in einer riesigen, endlosen Unbegreiflichkeit: Amerika. Meine Kollegen vom College behandelten mich mit einer gewissen Distanz, wenn auch nicht ohne jene naive, verständnislose Herzlichkeit, mit der man mir hier überall begegnete. Ich war damals erschöpft und ein wenig enerviert von allem: von der schlechten Aussprache meiner Schüler, von der munteren Fortschrittlichkeit meines Chefs, von den neubarocken Möbeln in meiner winzigen Wohnung und von der amerikanischen Küche. Und hauptsächlich litt ich unter Einsamkeit. Um so angenehmer berührte mich die Einladung Brendas, und wenn ich auch nicht ohne Skepsis gegenüber dem fuhr, was mich erwarten würde, so wußte ich doch mit einem Gefühl der Erleichterung, daß meine Reise mir wenigstens Veränderung und damit eine Unterbrechung meiner Einsamkeit bringen würde.

In der Tat lebte es sich vorzüglich bei den Dennets. Mir zuliebe kochte man französisch, man führte mich überallhin, wo es etwas anzustaunen und zu bewundern gab, man zeigte mir die größten und ältesten Bäume der Welt, den fruchtbarsten Boden, die dicksten Seehunde, das tiefste Tal und den höchsten Berg dieses Staates der Superlative. Und nebenbei verliebte ich mich in den unwiderstehlichsten Mann, der mir je begegnet ist, in Brendas Mann, den vielbeschäftigten Architekten Allan Dennet. Die wenigen Stunden, in denen ich ihn zu Gesicht bekam, genügten, um mich in einen für mein Alter nicht nur lächerlichen und unwürdigen, sondern auch außerordentlich schmerzhaften Zustand zu versetzen. Was mir in neununddreißig Jahren mit der größten Anstrengung nicht gelang, vollzog sich hier unter der Sonne Kaliforniens mühelos und ohne eigenes Dazutun: ich brannte lichterloh, ich durchlitt — allerdings ganz für mich allein — sämtliche Phasen der Leidenschaft und ich verzehrte mich — unsichtbar für die Außenwelt, da ich äußerlich nicht den geringsten Schaden nahm — in einer unzeitgemäßen und absurden Liebesglut für einen Mann, der zwei Jahre jünger war als ich und dessen Frau meine beste Freundin ist. Ich machte damals mein privates Fiasko der Verspätung ganz mit mir allein ab, nachdem ich endgültig hatte erkennen müssen, daß Allan nicht in dem Sinn Augen für mich hatte, wie es die Liebe verlangt. Mit schmerzender Vertraulichkeit pflegte er mir auf die Schulter zu klopfen und ‹meine Alte› zu sagen, und seine evidente Zuneigung äußerte sich in einer kameradschaftlich-brüderlichen Kumpanei, die mich in meinem Zustand um so heftiger verletzen mußte.

Aber ich reiste ab ohne Groll; ich fuhr in mein College in der Erwartung einer entschärften Einsamkeit, denn meinen Gedanken hatte sich durch diese verspätete Liebe ein ganz neuartiges und für mich noch völlig unbekanntes Feld geöffnet. Es müßte nett sein, «an jemanden denken» zu können, während man mit Kollegen zusammensaß, und aufregend, sich allein über der Lektüre in Träume und Erinnerungen zu verlieren. Es wäre ein Ausweg aus der Umklammerung der Langeweile. Endlich hatte ich meine «Liebe», meine «Leidenschaft», wenn sie auch unbestreitbar das war, was man hoffnungslos nennt. Ich hegte keinerlei Zweifel über die Unerfüllbarkeit meiner heimlichen Wünsche und über die Absurdität meiner phantastischen Vorstellungen, die ich mir an langen Herbstabenden in meinem kleinen Zimmer machte und in die ich mich einspann. Ich umgab mich mit einem Filigran von Einbildungen und Zukunftsgemälden, an dem ich mit stillem Vergnügen weiter und weiter knüpfte, ohne doch darüber im Unklaren zu sein, wie sehr ich meine Selbstachtung reduzierte, wie tief sich mein träumendes, verliebtes Ich vor dem beobachtenden, rationalistischen Ich degradierte. Ich ignorierte alles das, was mich vor mir selbst lächerlich machte: den Verstoß gegen die chronologischen Gesetze der Liebe, die Symptome des törichten Backfisches, die ich an mir wahrnahm, die Unproduktivität dieses neuen, sonderlichen Zeitvertreibs. Es genügte mir, daß meine Gedanken von Allan absorbiert waren und daß somit dem Trübsinn und der Beschäftigungslosigkeit meiner Freizeit ein Ende gesetzt war.

Für meine Umwelt blieb ich unverändert: meiner Vermieterin war ich nach wie vor die etwas schrullige Französin, die ihre touristenhaft gefärbten Meinungen über Paris und über die Pariserinnen durch mangelhaftes make-up und durch bescheidene Garderobe bedrohte und enttäuschte. Sie begnügte sich wohl allmählich mit der tröstlichen Verheißung von den Ausnahmen, ohne die keine Regel besteht. Für meine Kollegen blieb ich die intellektuelle Freundin einiger berühmter Literaten, ja ich genoß sogar ein wenig Ansehen, gemixt aus Quartier-Latin-Romantik und Sorbonne-Ruhm. Und meine Schüler bemerkten kein Nachlassen in meinem ostentativen Abscheu vor jedem falschen Klang und keine Verminderung in der Beurteilung des Verbrechens, den Indikativ da zu gebrauchen, wo nur der Konjunktiv stehen darf. Ich machte Frühling, während alle mich mitten im Herbst wähnten, oder doch in einem temperierten Spätsommer.

Weihnachten verging zu meiner Enttäuschung ohne Einladung: die Dennets reisten nach Europa. Ich versuchte vergeblich, ihnen die Nachteile gerade einer winterlichen Reise klarzumachen; sie fuhren ab, und ich sah sie vor dem Sommer nicht wieder.

Da allerdings wurde es herrlich. Allan übertraf sich selbst in dem, was er uns bot: wieder schwamm ich im Pacific, wieder tauchte ich in die dichtesten und höchsten Wälder ein und wieder bewunderte ich Naturschutzparks und feierte Blumenorgien. Und wieder genoß ich vor allem die Nähe eines Mannes, den mir intensive Beschäftigung eines langen Jahres so nahe gebracht hatte, daß ich mich oft wie ertappt fühlte, wenn seine Augen die meinen plötzlich trafen, während sie ihn betrachtet hatten. Ja, ich fürchtete, er möge die fundamentale Kenntnis seiner selbst in meinem in flagranti erwischten Blick erkennen. Aber er war ahnungslos und blind wie alle Männer. Ich erstaunte darüber, wie blind sie sind, wenn sie sich nichts aus der Frau machen, die sie liebt — sie stellen sich schon dumm genug an, wenn es sich um eine amour réciproque handelt.

Eines Abends verriet mir Brenda den Grund ihrer besonderen Heiterkeit, die ich an ihr beobachtet hatte: ihre Reise nach Europa brachte ihnen die erfreuliche Gewißheit, daß sie endlich ein Kind haben konnte. Allan wünschte es sich seit Jahren, und ich erfuhr von einer Gefährdung ihrer Ehe, die in ihrer Kinderlosigkeit gelegen hatte und die mir vielleicht aus einfachem Mangel an Verständnis auch dann noch entgangen wäre, wenn ich mich wirklich um eine Chance bei Allan bemüht hätte. Jetzt würde Brenda ein Kind haben und sie war glücklich.

Ich stand diesem blinden Fortpflanzungswillen ein bißchen verständnislos gegenüber; es erschien mir reichlich albern, nur aus Sehnsucht nach Nachkommenschaft von einem Professor zum andern zu pilgern. Ich versuchte, Allan mit einer gewissen Geringschätzung gegenüberzutreten, die ich tatsächlich empfand, aber es gelang mir nicht: daran erkannte ich den Grad meiner Verliebtheit.

Ich fürchtete, mein Alter und das ausgesprochen weibliche Leben, das ich bis zu der Begegnung mit Allan geführt habe, machten mich besonders empfänglich für seine intensive, konsequente Männlichkeit. An ihm gefiel mir, was mich früher an andren abgestoßen haben würde. Seine unsinnigsten Behauptungen und Forderungen atmeten den Geist männlichen Herrscherbewußtseins. Seine Art, sich zu kleiden, hätte ich bei jedem anderen Mann als aufdringlich extravagant und gar dandyhaft abgelehnt. Aber Allan sah ich gern in seinen engen, schneeweißen Hosen und in den hauchzarten Pullovern, in deren Ausschnitt er bunte Shawls zu tragen pflegte, und ich hegte ehrliche Bewunderung für die feinen Socken, die seine schlanken Knöchel umspannten, und für das erlesene Schuhwerk, das er trug. Er war ein wenig eitel, doch es stand ihm gut. Weil sie mir als der natürliche Ausdruck einer Selbstverständlichkeit schien, bedeutete seine Eitelkeit nichts Unwürdiges, war sie nicht eine Einbuße seiner Herrlichkeit. Ich liebte es, ihn strahlen zu sehen, zu beobachten, wie er sich selbstherrlich in seinem Glanz badete, wie er schritt und sprach und handelte in dem Schutz einer Sicherheit, die allein das Wissen von der eigenen Perfektion verleiht. Mich hatten Mademoiselle Clérémys Gymnastikkurse nicht so «enthemmen» und selbstbewußt machen können, wie Allan das Bewußtsein seiner eigenen kompetenten Männlichkeit.

Wieder mußte ich abreisen und wieder war ich beladen mit Erinnerungen und neuen Eindrücken, die ich mit mir trug in mein stilles Reich einer etwas gewaltsamen Gelehrsamkeit. Ich kehrte zurück in meine vier Wände, die allzu viel Geschmacklosigkeit bargen, um in mir jeweils ein Gefühl des Zuhauseseins wecken zu können. Ich war ziemlich deprimiert nach diesen Ferien und ich konnte nichts Rechtes mehr mit meinem absatzlosen Liebesvorrat anfangen. Ich kam zu dem Schluß, in die Wirklichkeit zurückzukehren und die Allanromantik aufzugeben.

Da kam Brendas Brief. Es war ein Brief, wie ich ihn nie von einem Menschen erwartet hätte, der mir, als ich ihn vor ein paar Wochen verließ, der zufriedenste auf der Welt zu sein schien. Er war ein Hilferuf, ein Flehen um Rat und um ein wenig Trost, und er ließ mich betäubt, zuerst ungläubig und dann fassungslos, ohne Verständnis. Allan betrog seine Frau. «Er behauptet, sie zu lieben; zum erstenmal in seinem Leben empfinde er wahre Leidenschaft, sagt er», hieß es da. «Er brachte sie sogar mit hierher, zu einer Aussprache, wie er sagte. Sie sei sehr zart und ich solle sie schonen, trug er mir auf. Und er wünsche, daß alles im Guten geklärt werde. Aber obwohl ich doch das Kind von ihm habe, weiß ich, daß ich mit so viel Jugend und Unverschämtheit nicht konkurrieren kann». So ging es über fünf Seiten hin. Das junge Objekt von Allans spontaner und elementarer Liebe stellte Brenda mir als Kostümzeichnerin und Bühnenbildnerin vor, deren Ambitionen dem Film gehörten. Da Allan gar keine Beziehungen zum Film hatte, konnte man die Gefühle des Mädchens bedauerlicherweise nicht auf das Gleis von Ehrgeiz und Aufstiegshunger abschieben, und in Allan konnte man nicht den Übertölpelten, Angeführten sehen. Das erschwerte das Problem.

Auf beiden Seiten bot sich das Bild einer ernstzunehmenden Leidenschaft, ernstzunehmend vor allem deshalb, weil sie absurd und nicht zu rechtfertigen und unmotiviert war, und weil sie einen Mann wie Allan überfiel. Einem von der Leidenschaft gezeichneten Allan konnte man als Frau nicht widerstehen, man mußte sich ihm ergeben und ihm folgen, wohin es auch sei. Allan brachte so viel unbewußte Eignung und Geschicklichkeit für das Geschäft des Liebens mit, daß man ihm als Äquivalent absolute Liebe und Hingabe zollen mußte. Zudem schien Allan seine Partnerin gefunden zu haben, die weibliche Frau hatte den männlichen Mann getroffen, und ihre Liebe würde nicht nur Farce sein, sondern ein echter Zweikampf unter Gleichwertigen.

Brenda nannte das junge Mädchen ungezähmt, nicht einmal hübsch, viel zu mager um je den Argwohn einer jener netten, alterlosen und adretten Ehefrauen zu erwecken, zu denen Brenda gehörte. Aber sie sei sehr jung und von einer dreisten Ungeniertheit der rechtmäßigen Besitzerin Allans gegenüber, den sie «nie mehr zu lieben aufhören» könne. Die katastrophale Situation Brendas lag auf der Hand. Auch wenn sie Allan behielte, weil er sich nicht gegen Anstand und Respekt vor einer Frau verginge, die sein Kind zur Welt bringen würde, verlöre sie ihn. Und ich wußte plötzlich, daß sie ihn nie richtig besessen hatte.

Freilich erfordert es schon ein Übermaß an Größenwahn, wenn ein altjüngferliches Geschöpf, wie ich es bin, den Richter über Leute zu machen versucht, die sich auf dem Boden einer realen Praxis bewegen. Und darum hütete ich mich auch, Brenda meine Empfindungen mitzuteilen, die ihr das Gefühl eingegeben hätten, als spräche ich ihr selbst, ihr, der Ungerechtigkeit widerfuhr, die Hauptschuld zu. Ich wollte sie nicht verärgern. Ein echtempfundener Zorn auf Allan, der schließlich nicht nur Brenda, sondern auch mich selbst betrogen hatte, mich selbst und mein wunderschönes Filigran der Einbildungen, produzierte einen teilnahmsvolleren Brief, als rein freundschaftliches Mitgefühl vermocht hätte.

Wir wechselten Briefe ehrlicher Empörung; sie alle waren kleine Manifeste enttäuschter und revolutionierender Weiblichkeit, gerichtet gegen diesen Prototyp »Mann«, gegen das unbekannte Wesen, das uns so ähnlich war, daß man entweder seine Menschlichkeit oder die unsrige in Frage stellen mußte. Hatten meine sowohl fragenden als auch tröstenden Briefe fast ausbeuterischen Charakter, so entbehrten die Litaneien Brendas nicht eines gewissen Neides auf mein unabhängiges und friedliches Ledigsein, den ich ihr nicht zu nehmen versuchte, mit der boshaften Freude daran, einmal im Leben um etwas, und sei es auch noch so nichtswürdig, beneidet zu werden, aber wieviel lieber hätte ich wie Brenda gelitten, als in der Sterilität meines Collegedaseins zu verharren und das Leben wie durch das Objektiv eines Fernrohrs zu beobachten. Allerdings muß ich zugeben, daß es sich recht geruhsam hinter den Palisaden einer weniger rigoros verteidigten als relativ unangefochten gebliebenen Jungfräulichkeit haust, und so sehr ich oft die Eintönigkeit meiner Existenz verabscheue, so wenig zweifle ich doch daran, daß ich mich zu gut an sie gewöhnt habe, um sie nicht doch zu vermissen, wenn ich sie je verlöre. Meine Trostbriefe an Brenda verrieten nichts von der Vielschichtigkeit meiner Gefühle, kein falscher Ton ließ auf einen gewissen Anteil an selbstsüchtiger Neugier schließen. Es waren die Briefe zweier Komplizen in einer Verschwörung gegen die brutale Macht «Mann».

Die Weihnachtsferien rückten näher, und Brenda flehte mich an, sie nicht im Stich zu lassen: ich müsse einfach kommen. Ich ließ mich lange bitten und willigte nur zögernd ein: häßliche Taktik der Unaufrichtigkeit, aber sie schien mir notwendig. Ich wollte nicht, daß Brenda meine aus jahrelanger Einsamkeit geborene Sensationslust erkannte. Daß ich hauptsächlich aus Liebe zu Allan fuhr, hätte sie mir selbst dann nicht geglaubt, wenn ich dumm genug gewesen wäre, es ihr mitzuteilen.

An den ersten beiden Tagen bei den Dennets bekam ich Allan gar nicht zu sehen. Und dann kam schon jener Weihnachtsabend,

der so theatralisch-verhängnisvoll enden sollte. Ohne die ge-
ringste Anstrengung vermag ich mich in den gediegenen Salon
der Dennets zurückzuversetzen: ich sehe wieder die blauen
Rauchwolken aus Allans Pfeife emporsteigen und unter dem
Schein der Stehlampe zerfließen, ich glaube, das Aroma eines
Allanschen Cocktails auf der Zunge zu spüren, und mein Herz
klopft wie damals in einer rekonstruierten Anwesenheit dieses
Mannes und der beiden Frauen, die Ansprüche auf ihn machten.
Dieses äußerlich so harmonische und friedliche Bild einer gemeinsamen Weihnachtsfeier war trügerisch. Allan sollte sich
nach dem Willen Brendas an diesem Abend noch entscheiden,
er sollte unter den beiden Frauen wählen, die scheinbar gleichgültig in ihren Sesseln saßen und eine Konfrontierung erdul-
deten, die sie nur durch ihren Zustand hochgradiger Erregung
rechtfertigen konnten. Es war nicht schwer zu entscheiden, wer
von den beiden die meisten Chancen bei Allan hatte: sein Blick
eines verwundeten Tieres bohrte sich in die wirklich bezau-
bernde Sally Whitebrook. Trotz ihrer Magerkeit und ihrer ein
wenig verwilderten Aufmachung war sie reizvoll und von einer
unamerikanischen Individualität; sie wirkte erfrischend und
wohltuend in der vornehmen, ein bißchen düsteren Steifheit
des Salons.

Brenda hatte ihren einzigen Vorsprung in dem Wettrennen
um den eigenen Mann verloren: auch Sally erwartete ein Kind.
Die Angelegenheit der Dennets hatte sich seit dem Sommer in
einer Weise zugespitzt, die mir in Brendas Briefen entgangen
war. Ich sah jetzt, daß Brenda manches verschwiegen hatte.
Allan war im Herbst mit Sally entflohen, und in irgendeinem
verwunschenen Fischernest an der kanadischen Küste hatten sie
ekstatische vierzehn Tage der Leidenschaft erlebt. Nach dieser
Offenbarung der Liebe weigerte sich Sally noch entschiedener
als zuvor, auf Allan zu verzichten. Und außerdem verschaffte
ihr das Kind ein gewisses Recht auf ihn, beinah das gleiche
Recht wie das seiner Frau. Die Situation war prekär, tragisch
und komisch zugleich, und es war mir klar, daß meine Rolle an

diesem Abend und für die ganzen Ferien keine rein passive sein sollte. Die Bestätigung meiner Vermutung erfuhr ich von Allan selbst.

Als Brenda und ihr Gast nach oben gegangen waren und auch ich mich zurückziehen wollte, hielt Allan mich am Arm fest und bat mich, noch bei ihm zu bleiben. Er müsse unbedingt mit mir reden. Ich blieb, schwankend zwischen Ärger und Freude. Seine Liebe besaß ich nicht, ich würde für ihn niemals in dem Sinn eine Frau sein, wie ich es gewünscht hätte – so sollte mich wenigstens sein Vertrauen auf die Hilfe, die ich ihm sein könnte, trösten. Aber ich zeigte ihm nur den Ausdruck der negativen Gefühle, die seine Bitte in mir hervorrief, und mit den Anzeichen eines gutmütigen Ungehaltenseins ließ ich mich seufzend wieder in meinem Sessel nieder. Er schritt erregt auf und ab.

Ich erinnere mich noch genau an den Klang seiner Stimme, als er dann zu sprechen begann: sie war anders als sonst, beinah pathetisch, und doch wieder verwirrt und ärgerlich über sich selbst, über ihr verräterisches Unbeherrschtsein. Ich finde es immer verächtlich, wenn Männer nicht den Mut zum Bekenntnis ihrer Gefühle haben – ein Mangel, den sie bei uns Frauen aufs energischste kritisieren. Aber bei Allan gefiel mir einfach alles; ich hätte ihn auch wohl noch geliebt, wenn er schlimmere Proben von Feigheit geliefert hätte. Ich liebte alles an ihm, auch seine Unsicherheit und seine Schwäche. Ich liebte das Aufundabzucken seines Kehlkopfes, das mich an das ängstliche Flügelschlagen eines neugeborenen Vogels erinnerte. Ich liebte die Bewegung seines Unterkiefers, eine Art Malmen – sicheres Anzeichen für Nervosität bei Allan. Ich verlor mich in solche Details, während seine Erklärungen und Beschwörungen an meinem Ohr vorüberrauschten und ich nicht viel mehr von ihnen aufnahm als die Klangfärbung, das plötzliche Schwanken der Stimme, die Modulation des Tons. Allan war kein Rhetoriker und auch kein guter Komödiant. Er war bis in die letzten Tiefen seiner konsequenten Männlichkeit hinein ehrlich, keiner Verstellung fähig. In seiner Liebesgeschichte hatte er sich von Anfang an so ungeschickt angestellt, nur weil er so ehrlich, fast ein wenig dumm, und weil er von keiner amourösen Vergangenheit vorbelastet war. Jetzt tastete er in einem selbst verschuldeten Labyrinth unsicher wie ein Blinder nach dem Ausgang, und ich sollte ihm als Ariadnefaden dienen.

«Du bist Französin, Marcelle», sagte er. «Ihr versteht mehr von der Liebe. Ihr habt mehr Talent dazu. Sag mir, was deine Landsleute in meiner Situation tun würden. Ich bin überzeugt, sie würden sich für die Liebe entscheiden.»

Ich schluckte die Bemerkung über mein französisches Talent für die Liebe — sein Fehlen mag wohl eine deutsche Urgroßmutter verschulden — und sagte scharf:

«Nein. Wir sind Rationalisten und keine Romantiker. Wir tun immer, was sowohl angenehm als auch vernünftig ist.»

«Aber das Angenehme ist niemals vernünftig», rief Allan.

«Für uns eben doch», behauptete ich starr.

Die Problematik Allans jedoch war, daß er nicht einmal mehr wußte, wo der angenehme Weg lag. Die Ankündigung eines zweiten Kindes hatte ihm das Steuer vollends aus den Händen gerissen.

«Du könntest Sallys Kind adoptieren», schlug ich vor. «Es könnte gemeinsam mit dem andern aufwachsen.»

«Und nicht wissen, wer wirklich seine Mutter ist? Niemals wirklich geliebt werden?» brauste Allan auf. «Nein, niemals!»

Er schien mir anfängerhaft pathetisch und ein bißchen lächerlich. Er ließ sich mir gegenüber auf dem Seitenpolster eines Sessels nieder und beugte sich dicht zu mir vor. Das war beinah zu viel. Ich zündete eine Zigarette an und lehnte mich weit zurück.

«Eine andere Möglichkeit wäre, die Entscheidung zu vertagen», sagte Allan langsam und auf einmal ruhig. «Man würde die Geburt der Kinder abwarten. Da ich mir sehr heftig ein Mädchen wünsche, würde ich der Frau gehören, die ein Mädchen zur Welt bringt.»

Ich lachte laut auf. Lotteriespiel mit Embryos: eine aparte Neuheit. Ich hielt dem ahnungslosen Don Juan vor, daß so viel Spannung eventuell dem Gesundheitszustand während der Schwangerschaft abträglich sein könnte und vor allem, daß es ein wenig unfair sei, sich derjenigen zu entziehen, die nicht ganz ohne seine eigene Mitwirkung «nur» mit einem Jungen gesegnet werde.

«Du bist frivol», behauptete Allan, «frivol wie alle Franzosen.»

Er schien nicht zu bemerken, wie paradox gerade dieses Prädikat nach seinem sonderbaren Vorschlag war. Es machte mir Spaß, ihn noch mehr zu verspotten: Liebe existiert nie ganz ohne den Wunsch, zu kränken und zu verletzen, und unerwiderte Liebe grenzt oft an Haß.

«Was aber geschähe, wenn beide Mädchen würden, oder beide Jungen?» fragte ich. «Man müßte die Entscheidung noch von anderen, außergeschlechtlichen Eigenschaften der Kinder abhängig machen: Haarfarbe, Statur, Intelligenz. Man müßte differenzieren...»

«Oh, sei still!» unterbrach mich Allan und sprang wieder auf. Er senkte die Stimme und fuhr feierlich fort: «Ich dachte du wolltest mir helfen. Ich glaubte, du würdest es übernehmen, mit Brenda zu sprechen oder mit Sally, wer immer zurückstehen soll.»

Ich fürchte nichts so sehr wie Sentimentalität, weil sie mir so fern liegt, daß sie mich allein schon aus Neugierde rührt. Ich bemerkte, daß Allan so weit war, hoffnungslos sentimental zu werden. Ich sah ihn mir an, wie er mitten im Zimmer stand, hochgewachsen und schlank, sehr schön und sehr männlich, und ich brannte vor heimlicher bitterer Sehnsucht danach, in einer anderen Art von Intimität hier mit ihm vereint zu sein, als der wenig erfreulichen, die mir beschert worden war, ohne daß ich sie erbeten hatte. Es zuckte um seine Lippen, die nicht dazu erschaffen waren, vernünftige Worte zu formen, sondern deren Bestimmung es einzig schien, Verwirrung anzurichten. Seine ganze männliche Schönheit war in diesem Augenblick negativ; ihre Macht, zu beglücken, war der, zu zerstören, erlegen. Da stand er wie ein Angeklagter, ein Verbrecher wegen einer unverschuldeten Berufung für die Leidenschaft. Nicht nur die beiden Frauen, die ihn liebten, waren seine Opfer — und ganz nebenbei auch ich — er selbst war es in hohem Maße, er war das Opfer seines eigenen, anbetungswürdigen Körpers, seiner männlichen Macht, mit der er mühelos jeden Sieg über die Weiblichkeit erringen mußte.

«Du warst schlau, Marcelle», sagte er trostlos. «Man sollte nicht heiraten. Man kann nicht während eines winzigen Augenblickes, innerhalb der Sekunde, in der man das bedeutungsvolle «ja» spricht, für seine Unverwundbarkeit den Versuchungen eines ganzen Lebens gegenüber einstehen. Es ist eine Idiotie, eine Anmaßung, eine Überbewertung seiner eigenen Widerstandsfähigkeit, die man einfach nicht verantworten kann.»

Ich schwieg. Ich hätte ihm gern gesagt, daß ich nicht aus Schlauheit unverheiratet geblieben war, und daß die Idiotie nur die sei, jemanden zu heiraten, den man nicht genügend liebe. Aber da ich ihm hätte erklären müssen, wie kompliziert die Prüfung der eigenen Gefühlspotenz sei, schwieg ich, mehr aus Trägheit als wegen der Gewißheit, daß er doch nicht verstehen würde.

«Ich muß Sally haben», hörte ich ihn plötzlich gepreßt, vollkommen verändert, endlich im Ton ehrlicher, verzweifelter Bestimmtheit. Ich sah auf und erschrak. Er hatte sich an den Schreibtisch gesetzt, die Ellenbogen auf die Platte gestützt, und verbarg den Kopf in den Händen. Ich sah nur sein kastanienbraunes, glattes Haar in einer unbekannten, äußerst reizvollen Unordnung.

Dieser Augenblick ist vielleicht der deutlichste in meiner Erinnerung, er wird unverlierbar sein. Ein intensives Verlangen ergriff mich, aufzustehen, zu ihm hinüberzugehen und dieses Haar zu berühren, mich Allan anzubieten wie etwas, das seinen Wert ohnedies verloren hatte, und das er gebrauchen und dadurch wieder wertvoll machen sollte, mit dem er nach seinem Willen verfahren konnte. Ich hatte das Gefühl, als sei der Moment meiner und vielleicht sogar auch seiner Erlösung gekommen: Sehnsucht und Hoffnung schaffen leicht ein Übermaß von Eigendünkel. Ich sah mich schon neben ihm, ich sah den Blick, mit dem er zu mir aufsah, geweckt von meiner imaginären Berührung, noch schwankend zwischen erstaunter Abwehr und erfreuter Annahme. Ich fühlte seinen Mund auf meinen heißen Lippen, die verrückt und sehnsüchtig und höchstens zwanzig Jahre alt waren, und ich ließ der Berührung unserer Köpfe die der Körper folgen: ich schmolz.

Natürlich blieb ich sitzen, ohne zu wissen, ob es klug oder dumm war. Ich blieb sitzen, weil ich mich geschämt hätte, zurückgewiesen zu werden, und weil ich zu ungeschickt in meiner Verliebtheit gewesen wäre, um das Streicheln seines Haares bei seinem fragenden Aufblicken auf eine rein mütterliche Gefühlsbasis zu stellen. Er hätte alles erkannt, und man wünscht nur zwischen fünfzehn und fünfundzwanzig die Offenbarung auch einer unerwiderten Liebe. Was konnte Allan zu meinem Pech, während dieser Altersspanne nicht einmal eine unglückliche Liebe erlebt zu haben? Ich hatte kein Verlangen nach Allans Quittung meiner vierzig Jahre, gegen deren Würde und Gesetze ich verstieße, wenn ich meinen jugendlichen Gefühlen gefolgt wäre, und so blieb ich sitzen und betätigte mich auf dem Gebiet, das er mir selbst zugewiesen hatte. Ich sprach mit ihm, redete gut zu, fragte und ließ fragen und beantwortete. Allan blieb fest: die Liebe zu Sally sei etwas Elementares, Irrationales und Unbestechliches — er habe ihr zu folgen.

«Liebst du Brenda gar nicht mehr?» fragte ich sachlich. Je überschwänglicher er wurde, desto mehr trieb es mich zu einer prosaischen, realistischen, ein wenig rohen Fragerei.

«O doch», widersprach er eifrig. «Ich habe ein gutes, warmes Gefühl für sie. Ein menschliches Gefühl, verstehst du, aber nichts mehr von dem, was das Fluidum zwischen Mann und Frau schafft.»

Ich verstand nur zu gut, ich kannte ja Allans «Fluidum».

«Sally hingegen berauscht mich. Ich begehre sie in jeder Minute. Es ist etwas, das ich nicht kannte: Leidenschaft.»

Seine Stimme war ganz tief bei diesem Wort, das ich so oft auf ihn und mich bezogen hatte, und das er jetzt zum erstenmal vor mir gebrauchte: leider stand seine aktuelle Bedeutung in einem fatalen Widerspruch zu meinen Hirngespinsten.

«Ich ahnte immer, daß unserer Ehe etwas fehlte, ohne das Fehlende zu kennen. Jetzt habe ich erfahren müssen, daß Brenda mir nicht kongenial ist», schloß er überheblich, aber er hatte vollkommen recht. Ich versank in Nachdenken darüber, daß in unserer Welt die guten, menschlichen Gefühle von den leidenschaftlichen, berauschenden besiegt werden müssen. Der Selbstvernichtungstrieb des Menschen spornt ihn an und läßt ihn nie im Stich: er braucht kein Mitleid.

Ich stand auf, ich wagte es, das Zusammensein mit einem Mann, den ich liebte, vorzeitig abzubrechen. Ich hatte das Gefühl, versagt zu haben, und ich glaubte mich zu einem kleinen Scherz als Abschluß und zur Rettung meiner Ehre verpflichtet. So heftig ich das Pathos der Leidenschaft begehrte, so strikt lehnte ich das des tröstenden Beistandes in Seelenfragen ab, zumal bei dem Gegenstand meiner Liebe. So sagte ich leichthin, während ich ihm zum Abschied die Hand reichte:

«Mein einziger Rat ist, dich zu erschießen. Ich kannte einen Franzosen, der das in einem ähnlichen Fall tat. Und es war noch nicht einmal so verzwickt bei ihm.»

Sein verstörter Blick und die Art, wie er meine Hand einfach fallen ließ, nachdem er sie angenehm fest gedrückt hatte, hätten mich aufmerksam machen sollen. Aber ich war blind und nur auf die beißende Wirkung meiner Worte bedacht.

«Für die beiden Damen wäre das das Beste», fuhr ich fort. «Schon Kindern hilft man Streit und Eifersucht zu vermeiden, indem man den zu sehr begehrten Gegenstand ihrer Wünsche einfach beseitigt oder ihn einem Dritten, Neutralen überläßt.»

Hier hielt ich ein und beobachtete ihn. War es möglich, daß

er die Anspielung nicht bemerkte? Er hatte sein Gesicht abgewendet, und ich sah nur sein Profil, unscharf beleuchtet von der Lampe, und das Auf und Ab und wieder Auf des eingesperrten Vögleins in seinem Kehlkopf. Er schluckte ein paarmal, und ich hätte mir einbilden können, daß er weinte. Aber er tat es nicht. Immer noch abgewendet fragte er:

«Meinst du das im Ernst?»

Ich kann niemals leicht aus dem Ton des scherzhaften Spottes in den des Ernstes verfallen. So nickte ich und sagte:

«Natürlich. So eliminiert man Probleme und geht Konflikten aus dem Weg. Nach einem Jahr der Trauer, sei es um deinen Tod sei es um deinen Abfall an eine Dritte» – Allan machte eine wegwerfende Handbewegung, die mich ernüchterte – «worum es also sei, nach einem Jahr werden sich die Feindinnen versöhnt haben, und zwei winzige neue Allans, weiblich oder männlich, ein Kind der Liebe und ein Kind des Willens, werden friedlich miteinander in deinem Garten spielen.»

«Aber die Zeitungen, die Bekannten, die neugierigen Fragesteller?»

Allans Eingehen auf meinen blasphemischen Unsinn machte mich nicht argwöhnisch.

«Da gibt es Ausreden genug», sagte ich. «Hattest du zufällig beruflich Ärger?»

Allan überlegte.

«Nicht genügend, um einen Selbstmord zu begründen», sagte er.

Ich dachte ein bißchen nach, mit gespieltem Ernst auf der in Falten gelegten Stirn.

«Laß nur», wehrte ich dann all seine Bedenken ab. «Der Lärm um deinen sensationellen Tod wird verklungen sein, wenn die Kinder groß genug sind, um das Leben des Vaters zu eruieren. Die Welt vergißt rasch. Es ereignet sich zu viel, als daß alles Wichtigkeit behalten könnte.»

Ich verabschiedete mich von ihm und ging zu Bett. Ich schluckte drei Beruhigungspillen, das gleiche, was zwei Stunden zuvor Brenda und Sally getan hatten, und fand nicht mehr genügend Zeit, mich über mein ungerechtes und hartes Schicksal, eine ungeliebte und daher sinn- und zweckentfremdete Frau zu sein, zu beklagen.

Die Tragik an Allans Tod liegt in seiner Komik. Keine von uns künstlich Eingeschläferten wurde durch den Knall seiner Pistole aufgeweckt, das Mädchen hatte Ausgang und kam erst zurück, als alles schon geschehen war. Ahnungslos ging sie an der geschlossenen Tür des Salons vorüber, die Stille des Hauses schien ihr berechtigt, nicht verdächtig und beängstigend.

Am Feiertagsmorgen bekamen wir unsere Frühstückstabletts ans Bett gebracht, hatten dem Mädchen jedoch Anweisung gegeben, erst auf unser Klingeln hin bei uns zu erscheinen. Daß Allan nicht klingelte, schien niemandem erstaunlich. Brenda war es gewöhnt, daß er an Sonntagen bisweilen sogar den Lunch verschlief. Wir «weckten» ihn darum auch nicht, als wir uns zur Mahlzeit im Frühstückszimmer niederließen: sie verliefe überdies ohne seine Anwesenheit komplikationsloser und weniger aufregend.

Ich vergesse Brendas Schrei nie, den sie ausstieß, als sie nach dem Essen im Salon nach Zigaretten fahndete. Ausgestreckt auf dem Teppich lag der tote Allan in einer winzigen Blutlache, über seine Stirn lief ein dunkelrotes, verkrustetes Band. Ich war erstaunt, wie wenig Blut vergossen werden mußte, um einen Mann wie Allan umzubringen. Er war noch ganz und gar er selbst, sein Körper sah nicht tot aus, und doch wäre er nie wieder zum Leben zu erwecken. Ich weiß nicht, ob Brenda und Sally so viel geweint haben wie ich.

Die Ferientage in Gesellschaft einer inquisitorischen und ungläubigen Mordkommission waren eine böse Nervenprobe für uns drei. Ich war wütend auf Allan, weil er uns in diese lächerliche theatralische Situation zwang. Ich reiste ab, sobald ich nicht mehr gebraucht wurde, und neben einem schrecklichen Schuldbewußtsein nahm ich mehr Traurigkeit mit zurück in mein College, als Brenda ahnen konnte. Es war mir egal, ob sie meine vorzeitige Abreise für Gleichgültigkeit, Mangel an Mitgefühl oder eine Offenbarung von Egoismus hielt. Ich hatte ihr natürlich nichts von dem frivolen Ende meines letzten Gesprächs mit Allan gesagt. Auch der Polizei nicht. Wenn sie aber alle gewußt hätten, wie sehr ich ihn geliebt habe, wie verdächtig wäre ich gewesen, wie mühelos hätten sie eine Erklärung für Allans Tod gefunden. Mit dem Kummer, den ich zu schlecht verbergen konnte, würde ich meine Liebe verraten. Ich mußte weg.

Ich hatte, ohne es zu ahnen oder zu wollen, mit meinen leichtfertigen Prognosen recht gehabt: Brenda erholte sich leichter von Allans Tod als von seiner Untreue. Dieses unbegreifliche Phänomen weiblicher Gefühlsbeschaffenheit mußte ich erkennen, ob ich wollte oder nicht. Brendas Briefe wurden mehr und mehr zuversichtlich und sie enthielten sogar eine gewisse gedämpfte Vorfreude auf das Kind, dessen Existenz sich immer deutlicher ankündigte und in dem sie, ich konnte nicht länger daran zweifeln, einen vollwertigen Ersatz für den Mann finden würde, der es gezeugt hatte. Wie ich es im Spott prophezeit hatte, erfüllte sich das Schicksal der beiden Frauen, die, als er noch lebte, unter keinen Umständen auf Allan hatten verzichten wollen. Brenda erwähnte ab und zu Sally, die einen guten, wenn auch etwas beschränkten jungen Mann gefunden hatte, der bereit war, die Vaterschaft für Allans Liebesprodukt anzutreten. Sally war illusionslos in bezug auf den Mann, aber voller Zuversicht und Freude in der Erwartung eines Lebens mit dem Kind, mit der fleischgewordenen Erinnerung an eine Liebe, auf die sie jetzt verzichten konnte, weil sie es mußte. Ich bin sicher, Allan würde über die friedliche Aufnahme, die sein Tod gefunden hatte, enttäuscht sein; aus seinem Sterben wurde Leben.

Im April erblickte Aline Dennet das Licht der Welt, zwei Monate später folgte Alice Turpin. Armer Allan, glücklicher Allan! Welchen neuen Komplikationen bist du aus dem Weg gegangen, indem du dem Impuls folgtest, den dir eine halb Verrückte eingab, die dich, so viel weiß ich sicher, mehr liebte als die beiden Frauen, die dich umbrachten. Heute vor einem Jahr, in der gleichen Stunde, warst du mir sehr nahe und ich hätte dich beinah geküßt. Aber ich fühlte das Gewicht jedes einzelnen meiner Jahre und besonders der, die ich älter war als du, und ich wollte nicht ausgelacht werden. Darum flüchtete ich aus der Wirrnis meiner Empfindungen in mein geliebtes Reservat der Ironie, und mein Leichtsinn tötete dich ebensosehr wie die penetrante Liebe von Brenda und Sally. Aber ich darf mich wohl damit trösten, daß meine frivolen Vorschläge nicht allein dich bestimmen konnten: wahrscheinlich lag die Pistole schon bereit und der Entschluß war schon gefaßt, als ich ihn nur noch festigte.

Ich biete ein erbarmungswürdiges Bild, wenn ich mich so zu rechtfertigen bemühe. Sollte ich nicht zufrieden sein, wenigstens *einen* Anteil am Leben eines Mannes zu haben, der mich zu lieben und zu empfinden lehrte, wie ich es Jahre der Langeweile hindurch nicht verstand: die Schuld an seinem Tod.

Wiedersehen in Venedig

Das einzig Positive an der Sache war, daß sie nur kurz Zeit hätten. Er mußte am Abend wieder bei Lin in der Pension sein, und sie kam nur auf der Durchreise nach Rom, wo sie einen Ärztekongreß besuchen wollte. Das würde alles vereinfachen. Fünf oder sechs Stunden waren schließlich keine lange Zeit. In fünf oder sechs Stunden könnte sie nicht die Entdeckung machen, daß er sich langweilte. Würde er sich langweilen? Oder war es anstrengend genug, und darum alles andere als langweilig, ihr den Freund von früher vorzuspielen?

Vielleicht war auch Venedig nicht der geeignete Schauplatz für ein Rendezvous, wie sie es vorhatten: es war so tendenziös, durch die Fremdenverkehrswerbung mit erschreckender Aufdringlichkeit zu einem Treffpunkt für Verliebte gemacht. Und wirklich hatte sie auf ihre Karte mit einer Begeisterung zugesagt, die ihre Kenntnis von dem amourösen Fluidum dieser Stadt verriet. «Ausgerechnet in Venedig», hatte sie geschrieben und «Venedig» mit zwei dicken Strichen hervorgehoben, «ausgerechnet da soll es sein, daß ich Dich wiedersehe und daß wir miteinander alte Erinnerungen auskramen! Wir werden durch die Gäßchen bummeln und uns in der schlanken schwarzen Gondel eines braunhäutigen Gondoliere durch die Kanäle gleiten lassen. Wie herrlich! Ja, ja, ja, ich freue mich!»

Und das Seltsame war, daß auch er sich freute. Obwohl er fürchtete, sich vor ihr zu blamieren. Alte, gutbekannte Furcht! Sie hatte ihn auch damals oft befallen, vor sieben Jahren, als sie für ganz Davos das ideale Paar zu sein schienen. Aber die Atmosphäre ihres Sanatoriums hatte seine Schauspielerei begünstigt; die Morbidität, die schon in einem Namen wie Davos mitklang, erleichterte es ihm, eine Rolle zu spielen. Mit Wonne hatte er sich exaltiert, mit Genuß alle negativistischen Kräfte in sich entfaltet; der geographische Punkt, auf dem sie sich befanden, harmonierte vollendet mit ihren Übertreibungen und Verrücktheiten, die dünne Luft hatte sie sorgloser und bedenkenloser ein ihnen ungemäßes Leben führen lassen.

In mancher Beziehung war Venedig ebenso morbid wie Davos. Warum also nicht wieder zurückfallen in jenen Ton des Gefühlsüberschwangs und der gleichzeitigen Lebensverneinung, in dem sie dort oben geschwelgt hatten? Der Tod hatte sie beide damals abgelehnt, denn sie wären ihm zu leicht anheimgefallen. Wahrscheinlich liebte er den Kampf mit zäheren Naturen, die sich gewaltsam ans Leben klammerten; ihre blasphemische Verneinung alles Lebensvollen und Gesunden mußte ihn wohl beleidigt oder gelangweilt haben. Kerngesund konnten die Ärzte beide nach einem Jahr, kurz hintereinander, entlassen. Seitdem hatten sie sich regelmäßig geschrieben, und der Ton ihrer Briefe war genau der gleiche wie der ihrer Unterhaltungen auf den Davoser Spaziergängen; sie schienen sich weiterhin sehr gut zu verstehen. Mit einem geschmeichelten Schmunzeln kramte er aus der Erinnerung die unzähligen Komplimente hervor, die sie ihm gemacht hatte, wenn sie zusammen durch die heroische Gebirgswelt wanderten oder abends in einem obsoleten, aber romantischen kleinen Lokal heißen Rotwein tranken. Ruth war von der Vorstellung hingerissen, seine Muse zu sein – Dichterfreundin, wenn nicht gar Dichtergeliebte – und sie war darauf aus, ihn zu inspirieren, mit einem Feuereifer, der nichts davon merken ließ, daß sie einen amusischen Vater, eine materialistische, fortschrittsgläubige Mutter und drei lebenslustige, atheistische und antigefühlige Geschwister hatte. Sie war wundergläubig und humorlos. Als Äquivalent für so viel Überschwang mußte schließlich die Medizin herhalten, an die sie sich wie an einen Strohhalm klammerte. Die Musik – sie geigte schlecht und ohne den geringsten rhythmischen Rückhalt, aber mit Emphase –, Philosophie und Dichtung: dies Edle und Schöne und Erhabene war nun nur noch dem Privatleben gestattet. Und für sie war es so wohl am besten.

Er hatte sie vor sieben Jahren schon genauso gut gekannt und durchschaut wie heute. Sie schien ihm ein Kaleidoskop zu sein: je nach dem, wie man sie anpackte, veränderte sie die Anordnung ihrer bunten Seelenmuster. Es war so leicht, mit ihr auszukommen, wenn man sich nur ein bißchen auf sie einstellte. Sie war rasch entzündbar wie trockenes Holz, sie fing sofort Feuer, so, als mangele es ihr an eigener Glut. Er hatte sie beinah geliebt, obwohl sie schon damals etwas enervierend war mit ihrer Sucht, sich selbst und ihren Partner in ständiger Hochspannung zu halten. Heute mußte er sich zusammennehmen, er durfte nichts davon ahnen lassen, daß er sich zu sehr verändert hatte, um auch nur noch für eine Zeit von fünf oder sechs Stunden die Davoser Rolle zu übernehmen.

Sie hatten sich im Café Florian verabredet. Er war pünktlicher als sie, und er ärgerte sich darüber. Als sie das Café betrat, wehrte sich alles in ihm, was sich inzwischen normalisiert hatte: du liebe Zeit, sie sah ja noch genauso aus wie damals, unverändert. Nur eleganter war sie geworden; und selbstbewußter. Aber Eigenschaften, die er an anderen Frauen schätzte, ärgerten ihn bei Ruth. Sie gaben sich die Hand, und er rückte ihr den Stuhl zurecht, auf dem sie sich etwas geziert niederließ. Sie war auch noch genauso mager im Gesicht. Er schämte sich, daß er, wie er wußte und immer wieder zu hören bekam, mittlerweile ganz schön angesetzt hatte: das war das äußere Zeichen seiner Normalisierung. Er zog den Bauch ein und ließ das Kinn ein bißchen fallen, das machte die Wangen schmaler.

Natürlich wollte sie nichts essen. Essen aus Genuß, nur, weil es schmeckte, war eine Sünde; Epikuräertum eine Vorstufe zur Hölle. So saßen sie beim Espresso und rauchten. Sie erzählte, zum Glück war sie nicht schüchtern. Man brauchte aus ihr niemals Bekenntnisse hervorzulocken, sie lieferte sie freiwillig und ungefragt. Aber was sie heute erzählte, nach sieben Jahren Trennung, war nichts als eine Sammlung von Tagesereignissen:

kleine Neuigkeiten aus ihrem beruflichen Leben, Erlebnisse aus dem Sprechzimmer, Familienmeldungen. Nur hin und wieder fiel ein Wort oder ein Satz, der ihn aufhorchen ließ: hier schlummerten Davoser Reminiszenzen. Er ging nur darauf ein, nur auf diese Anklänge. Sie sollte nicht denken – und sie mußte es ihm wohl förmlich ansehen – sie könnte nicht mehr ganz sie selber sein, bei ihm. So kam es, daß sie bald nur noch in der Davoser Terminologie redeten.

Später wanderten sie durch die Straßen. Sollte er ihren Arm nehmen? Als er es endlich tat, hatte er ein schlechtes Gewissen, weil er sich nicht wohl dabei fühlte. Sie standen auf der Piazza vor der orientalischbunten Fassade des San Marco. Sie schwelgte. Diese Pracht! Um nicht einstimmen zu müssen, gab er ihr Geschichtsunterricht. Er redete wie ein Fremdenführer, er versetzte sie ins dreizehnte Jahrhundert, er ließ sie miterleben, wie Venedig zur Weltmacht wurde. Ergriffen schritt sie die Bilderreihe der Schöpfungsgeschichte ab, und übertrieben ehrfürchtig blieb er immer ein bißchen zurück. Erheuchelte Andächtigkeit trieb ihn zu einer Art Spiel: er hielt vor jedem Bild ein paar Sekunden länger an als sie, bis sie schließlich ebenso lange in die Betrachtung jedes Bildes versunken blieb. Im Kirchenraum, angesichts des flimmernden Kuppelgewölbes, wurde ihre Bewunderung zur Ekstase, vor dem Hochaltar mit der Pala d'oro zu stummer Andacht.

«Byzantinische Emails», murmelte er, «zehntes oder elftes Jahrhundert.»

Kaum hatten sie die kühle Abgestorbenheit der Kirche verlassen und standen geblendet im Freien, als sie die nächste Kirche zu sehen begehrte: San Zaccaria.

«Beginnende Renaissance», erläuterte er.

Was muß man noch alles gesehen haben? überlegte er und fluchte leise, als er an die Fülle der Sehenswürdigkeiten dachte, die sie noch zu bewältigen hätten. Tatsächlich ging es wieder zurück zum Dogenpalast, dessen verschiedenfarbige Steinfassade sie lange bestaunte.

«Als schwebten die Wände über diesen zarten Bogen», sagte sie.

«Ja wirklich», sagte er übereifrig. Wie anstrengend sie doch war! Warum hatte er sich nur auf sie gefreut? Warum hatte er erleichtert aufgeatmet, als sich Lins Kopfschmerzen am Mittag so verschlimmerten, daß sie nicht mitkommen konnte? Was für eine Dummheit von ihm, nicht daran zu denken, daß sie Venedig würde aussaugen wollen bis auf den letzten Tropfen. Na, wenn sie es wenigstens genoß. Um es ihr noch reizvoller zu machen, brachte er seinen Mund übertrieben nah an ihr Ohr und flüsterte ihr zu, daß er sich sehr freue. Zerstreut und dankbar lächelte sie kurz zu ihm auf, um sich dann wieder ganz dem Schauen anheimzugeben. Durch die Porta della Carta gelangten sie in den Innenhof vor die Marmorfassade von Antonio Rizzo. Und dann half er ihr sanft die Gigantentreppe hinauf ins Innere des Palastes, seine Hand berührte den grauen Stoff ihres Kostüms. Er war froh, ihr jetzt mit berühmten Namen imponieren zu können: Tizian, Giorgione, Veronese, Tintoretto. Nach drei Stunden Kunsthistorik war er am Ende; er verwünschte die Gesetze des auslaugenden venezianischen Tourismus.

«Was nun?» fragte er, obwohl er wußte, daß sie jetzt die Gondelfahrt erwartete. Aber die Gondoliere waren unverschämt teuer. Und er fühlte sich schwach im Magen, er hätte etwas essen müssen, und zwar nicht sündhaft essen, nicht aus hedonistischer Sucht, sondern aus bitterer Notwendigkeit, um sich am Leben zu erhalten. Ihr Vorschlag war weit schlimmer, als er gefürchtet hatte: sie strebte zur Akademiegalerie. Schon im sechzehnten Jahrhundert war ihm übel, im achtzehnten sank er auf einen Hocker. In die Betrachtung von Longhis «Hochzeit» versunken, hörte sie seinen Magen nicht knurren. Endlich gingen sie ins Freie und aßen auf der Piazza Ravioli und Frittola.

«Was für einen Wein möchtest du?» fragte er danach, wesentlich milder gestimmt durch das gute Völlegefühl im Magen. Er bestellte Veronese, nur des Namens wegen, nur damit sie quasi doch in den Höhen der Kunst verweilen konnte, während sie sich der niedrigen Beschäftigung des Trinkens hingab. Jetzt war es endlich richtig: die Musikkapelle lieferte den letzten Schrei italienischer Musikexportware, und in der untergehenden Sonne glitzerte das falsche Gold der Mosaiken. Er hatte Lust zu sagen: ich finde es sehr schön, aber trotzdem zum Verrücktwerden kitschig. Stattdessen aber gehorchte er der Verpflichtung, sie begehrlich-verliebt anzusehen und kam sich widerwärtig und lächerlich dabei vor.

«Wie geht's deiner Frau?» fragte sie.

«Oh, danke, sehr gut», antwortete er eine Nuance zu eifrig. «Bis auf die Kopfschmerzen heute.»

«Wie ist sie so?»

Ihre unbekümmerte Ruhe ärgerte ihn. Obwohl ihm Eifersucht lästig gewesen wäre, überaus lästig, so fand er es doch unangebracht, daß sie so offensichtlich gar keine fühlte.

«Ganz anders als du!» sagte er und biß sich sofort auf die Lippen. Aber er hatte ihr die beste Antwort gegeben: Lin war wirklich ganz anders. Um das Verletzende, das in seiner Heftigkeit lag, abzuschwächen, fügte er hinzu: «Ich glaubte, ich müßte mir ein Extrem zu mir selbst aussuchen: les extrêmes se touchent.»

«Ja, richtig», sagte sie, «aber erzähl mir doch, was treibst denn du?»

Er rückte unbehaglich auf seinem Sitz hin und her: ja, was trieb er, was tat er vom Morgen bis zum Abend? Sie stand um fünf auf und fing mit Atemübungen und kalten Abreibungen ihren Arbeitstag an, der nie vor Mitternacht endete. Und er? Ja, richtig, er schrieb an seinem neuen Buch. Daß er nicht gleich darauf gekommen war! Das kam von diesen blöden Ferien, die er eigentlich nur Lin zuliebe nach Venedig gelegt hatte. Wie beleidigend, daß Ruth ihn nicht sofort, gleich nach ihrer Ankunft nach seiner Arbeit gefragt hatte.

«Ich schreibe», sagte er kühl, «wie du wissen könntest.»

«Ach ja», sagte sie, «Du schreibst wieder was.» Sie war an seiner Arbeit nicht mehr interessiert als ein Erwachsener am Spiel eines Vierjährigen.

«Ja», sagte er kurz, «ein uraltes Thema: Mann, erste Frau, zweite Frau. Die alte Dreiecksgeschichte. Aber ich packe sie ganz anders an als üblich, wirklich neuartig.»

Sie hatte immer noch keinen Funken mehr Anteilnahme in ihren dunklen Mandelaugen. So gab er es auf und fragte hoffnungsvoll, wann ihr Zug ginge.

«Überhaupt kein Zug geht», strahlte sie zurück, «ich bin mit dem Wagen da!»

Er war sprachlos vor Erstaunen und Neid. Wie sie sich doch selbständig gemacht hatte in diesen sieben Jahren! Wie sie damit auftrumpfte, auch ohne ihn auskommen zu können. Er vergaß, daß sie nur ein Auto, er aber eine Ehefrau ins Gefecht führen konnte, wenn es galt, dem andern die geringere Unabhängigkeit nachzuweisen. Aber äußerlich tat er erfreut. Warum sie das nicht gleich gesagt habe? Und ob sie gern fahre? Was für ein Typ? Er verwandelte sich vom Kunsthistoriker in einen Autosachverständigen. Sie wußte überraschend gut Bescheid.

Venedig war immer noch da, als sie spät am Abend durch die «Calli» schlenderten, aber er glaubte, sie habe es vergessen. Es war nur noch Staffage. Sie blieb auf einer kleinen Brücke stehen und warf ein Geldstück ins Wasser. Lange stand sie über das Geländer gebeugt. Sicher erwartet sie, daß ich sie jetzt küsse, dachte er. Natürlich. In Davos habe ich sie auch immer geküßt. Sie wird enttäuscht sein, wenn ich es jetzt unterlasse. Für sie gibt es keinen Grund, daß ich es nicht tue. Sie würde mich für jammervoll bourgeois halten, wenn ich es wegen Lin nicht täte. Er spürte, wie sie ein bißchen zusammenschreckte, als er seine Arme um sie legte, und er war zufrieden, daß ihr Mund nur zaghaft seinen Kuß erwiderte. Wie mädchenhaft sie immer noch war! Gewiß hatte sie vor lauter Arbeit keine Gelegenheit mehr gehabt, sich zu verlieben.

Selbstbewußt ging er neben ihr her: Nicht die erschöpfendste kunsthistorische Belehrung, nicht die komprimierteste venezianische Romantik hatte so viel vermocht wie dieser zwar widerwillig, aber genial verabreichte Kuß. Er deutete ihr Schweigen als melancholisches Verlangen; so behagte es ihm. Eine ausgezeichnete Situation: er war verheiratet, er hatte ihr einen folgenlosen Kuß gegeben. Sehr gut so. Sie liebte ja Emotionen, da hatte sie welche. Er war vollkommen sicher, daß sie auf den Kuß gewartet hatte.

Ihr Wagen parkte auf der Piazzale Roma. Er brachte sie zur nächsten Vaporettostation. Seine Stimmung war so hochgemut, daß er sie beim Abschied auf dem leise schaukelnden Bootsteg noch einmal küßte. Sie lächelte ihm zu mit ihrem alten Madonnenlächeln: da schmerzte es plötzlich ein bißchen, daß es nicht mehr Davos war. Es war Venedig.

Einen Monat später bekam er den ersten Brief seit ihrem Abschied. Nach den Einleitungsworten, mit denen sie sich entschuldigte, weil sie auf der Rückreise nicht mehr in Venedig hatte Station machen können, die Zeit sei einfach zu knapp für diesen Umweg gewesen und Rom so interessant, erschrak er heftig: «...denn es fiel mir so schwer zu heucheln. Ich habe mich verstellt, die ganze Zeit über. Ich bin anders geworden in den sieben Jahren, und meine Briefe hatten es nicht verraten sollen. Denn es tat mir so leid, daß Du allein der alte geblieben sein mußtest. Darum erwiderte ich auch die beiden Küsse, die Du mir gabst. Aber sie waren das Schrecklichste...»

Eine Okkasion

Ich erinnere mich an jede Einzelheit. Es war eins von diesen öden Hotelrestaurants, in denen die Kellner feierliche Gesichter machen wie überalterte Meßknaben. Man hat vor ihnen Angst. Ihre salbungsvoll-unduldsame Herablassung ist das Ergebnis einer schwierigen Existenz: durch Bedienerei haben sie sich in eine Zwischenwelt gemogelt. Obwohl sie selbst in einem armseligen Hinterhaus in der Vorstadt geboren sein mögen, würden sie in ihrem Restaurant die Anwesenheit einer schäbigen alten Frau, eines Ebenbildes ihrer eigenen Mutter also, nicht dulden. Auch Leute wie mich übersehen sie, es sei denn, sie hätten sich aufgetakelt zu dem besonderen Fest, an ihrem Tisch, von ihnen bedient, zu speisen. Und je mehr Geld man ausgibt, desto mehr gilt man in ihren analytischen Sklavenaugen.

An diesem Abend war ich aufgetakelt. Und Leo gab mehr Geld aus, als er verantworten konnte. Die Kellner warfen verhohlen unsachliche Blicke auf ihn und auf mich, blieben aber steif. Mir sind Kellner unangenehm. Ich kenne sie. Es gibt auch nette, nebenbei. Aber die in den teuren leeren Restaurants sind arrogant und nur auf Geld aus. Deshalb wunderte ich mich am erwähnten Abend über ihr Einverständnis mit unserem jungen Gast. Er saß ungeniert in seinem weißen Pullover mir gegenüber. An ihm war nichts gepflegt und alles unpassend. Wie immer war er auch hier, wo man schwieg oder flüsterte, geräuschvoll. Aber die Kellner hatten ihn gern, wenn auch mit einer gewissen sanften Verachtung. Sobald sich ihre Blicke auf ihn richteten, waren sie beinah menschlich.

«Schmeckts?» fragte Leo kindisch.

«Und wie», schmatzte René.

Diese eitle Fassung seines soliden Namens Reinhold charakterisiert ihn recht gut. Er war so anmaßend und selbstbewußt und gefallsüchtig, aber zugleich auch so angenehm wie der Klang von «René». Ich sah ihm zu, wie er ungeschickt, doch zufrieden mit dem Messer die Forelle blau quälte.

«Verdammt gut», sagte er und grinste. «Aber an einem Walfisch wäre mehr dran.»

Kartoffelbrei und Sauerkraut hätte besser zu ihm gepaßt. Er war einer der wirklich hungrigen Menschen, die beim Essen schlingen müssen.

Leo lachte, nun auch zu laut und albern. «Das ist nichts zum Sattwerden. Wir nehmen nachher nochmal von den Pommes frîtes, nicht wahr, Mimi?» sagte er zu mir.

Ich hasse es, wenn er «Mimi» zu mir sagt, besonders damals, vor René, dem es Spaß machte. Aber was soll ich tun, Leo hängt daran. In den ersten Wochen unserer Ehe war ich so einfallsreich, vor Behagen zu schnurren, wenn Leo zärtlich zu mir war. Sofort verklammerte irgendwo in seinem Hirn dies Geräusch sich mit Kindheitserinnerungen (die bei Leuten wie Leo nie von der Zeit verschüttet werden und ein Leben lang wichtig bleiben) und aus mir wurde, weil ich schnurrte, die schwarzgefleckte Katze Mimi aus seinem Spielzimmer.

«Auf keinen Fall, nichts mehr für mich», wehrte ich ab und preßte die Innenseite meiner Wangen zwischen Ober- und Unterkiefer. Ich habe mir das angewöhnt, seit ich es gut finde, schlecht auszusehen. Vor allem für René wollte ich schlecht aussehen — ich weiß nicht warum, seine Überlegenheit wäre ja eher an meiner Kraft als an meiner so beförderten Schwäche abgeprallt.

«Sie ißt so wenig», klagte Leo, an René gewandt. Er hat die Angewohnheit, von mir wie von einem Kind zu sprechen. René lächelte vergnügt und dreist hauptsächlich mich an. «Vielleicht hat sie Kummer», sagte er zu Leo.

Ich verabscheute ihn, das stimmt, hat aber nichts damit zu tun, daß ich fest vorhatte, mit ihm Leo zu betrügen. Gerade weil seine Bosheit mir Mitleid für Leo aufzwang, könnte ich Leo betrügen. René inspirierte mich günstigerweise zu all den Gefühlen für Leo, die der Leidenschaft abträglich sind.

«Liebeskummer», suggerierte René.

Er starrte mich an, nun verdüstert. Er wußte, daß so ein gutaussehender Ernst, der Sympathie wahrscheinlich nur heuchelte, mich erweichen würde. Das tat er.

«Gut möglich», sagte Leo, nachdem er mit nassem Gelächter zuende war. «Mit so einem alten Trottel wie ich einer bin wär's ja nicht unausdenkbar, daß sich eine reizende junge Frau wie Mimi in einen andern verliebt!»

Er lachte nochmal und betatschte außerdem meine Hand, die steif neben dem Teller lag. Seine Hand war alt, von fetten blauen Adern aufgetrieben. Renés Hand war breit und vulgär.

Die Pommes frîtes kamen, und ich aß doch noch ein paar, weil gegen Hunger und Nervosität eine Beschäftigung gut war. Ich weiß noch genau, mich ärgerte die Röte in meinem Gesicht: vom Wein — aber ich trank weiter und zu viel. Auch war ich unzufrieden mit meiner neuen Frisur. Bei uns Frauen übersteigt kein Gefühl das der Eitelkeit. In der heiklen Minute eines Abschieds vergißt die Verliebte nicht, über die vom Abschiedskuß verursachte Unordnung sich zu bekümmern, und sie wendet ihr Gesicht ab, um die eingebildeten Fehler zu verstecken. Ich dachte immer noch an Frisur und rotes Gesicht, als Renés Bein, an meinem sich reibend, unvorsichtiger wurde. Mein Bein wurde warm und war dafür.

«Schade, daß hier keine Musik ist», sagte er und sah mich hartnäckig an.

Mich reizten seine riskanten Erwartungen, ich ließ ihm aber nach wie vor mein Bein.

Leo stimmte zu: «Wirklich schade, wirklich.» Er sah mich weich-possessiv an. «Ich hätte euch zwei so gern tanzen gesehn. Mimi versteht sich drauf, mein Lieber!»

Er pries mich ihm an wie ein Verkäufer seine nicht mehr ganz frische Ware. Das Kitzeln an meinem Bein ging weiter und kam mir jetzt höhnisch vor. Mimi Mimi Mimi, die reizende jugendliche achtunddreißigjährige Mimi und der vierundzwanzigjährige René. Auffressen möchte sie ihn. Ich zog mein Bein weg und stand auf. Ich durchquerte den Raum, in den Augenwinkeln die schwarzen Frackschatten der Kellner. Wenn ich heute daran denke, werde ich rot, wie ich es damals vom Wein war. Albern muß ich ausgesehen haben, als ich halb betrunken und glühend, mein lächerliches goldbesticktes Abendtäschchen unsicher schwingend, in Richtung Waschraum hastete. Wie erbärmlich aber erst bei der Rückkehr, weißen Puder über meiner Aufregung. Ich hatte das getan, was wir Frauen «uns schön machen» nennen, die gewohnheitsmäßige Verfälschung, die uns mit der Wirklichkeit aussöhnt.

Nicht sofort, aber nach wenigen unleidlichen Minuten, die ich mit Ungeduld und Argwohn durchstand, kam das Bein wieder. Während René sich mit Leo über alte Musikinstrumente unterhielt, funktionierte ich nun bereits zweibeinig. Überm Tisch waren Leos Blicke ehelich und nett zu mir. Doch hatte er keine Zeit mehr für mich, denn er war, wie er das immer verstand, auf sein Lieblingsthema gekommen: Klaviere. Ich kenne alles auswendig, was damit zu tun hat, jedes Wort. Ich erinnere mich, wie bemitleidenswert töricht er mir auch damals wieder vorkam.

«Da sah ich den kleinen elfenbeinfarbenen Steinway auf der Ausstellung», hörte ich ihn eifrig und wohlbekannt. «Auf der Stelle riß ich ihn mir unter den Nagel.» So etwas befriedigt den offiziellen Leo, den Eigentümer des mittelgroßen Klavierladens, den Geschäftsmann Leo, den seine «Branche» immer noch entzückt. Der heimliche Leo, derjenige, den ich abends zu Hause meistens mit Süßspeisen empfange, ist weich verschwollen von Gefühl und wehleidigem Ehrgeiz. Der sitzt bis zehn Uhr verdrossen und eigensinnig vor dem Flügel, wobei er etwas tut, das er improvisieren nennt und beachtlich findet. Heut wird nichts aus deinem Geklimper, dachte ich froh, während meine Schuhspitze Renés Knöchel kennenlernte.

«Schade, daß Sie nicht mal aufschreiben, was Sie so spielen, versuchen Sie's doch mal», sagte René und zeigte seine eckigen Zähne, aber wie Lachen sah es nicht aus.

Leo seufzte, machte seinen gedankenvollen Blick unter zerquälter Stirn, litt und genoß es und äußerte mit feucht-betrübter Stimme: «Es verfliegt so rasch, ich kann's nicht festhalten, leider leider. Es ist alles Augenblicksrausch.»

Ich habe immer etwas Angst, er könnte spucken, wenn er spricht.

Obschon ohne Vergnügen, schaltete ich mich ein: «Du solltest es aufschreiben, Ton für Ton, das ist doch nicht unmöglich. Es gäbe keine Kompositionen, wenn man sich nicht dieser Methode bedient hätte.»

Der schmerzliche Ausdruck in Leos Gesicht nistete sich ein, wie von jeher an dieser Stelle. «Ja, andere — andere konnten es wohl, ich aber bringe es nicht fertig. Es sind abstrakte Seelenzustände, die ich quasi unbewußt in Töne verwandle. Ich kann sie nicht fassen.»

«Da hat der alte Mozart weniger Schwierigkeiten gehabt, war wohl primitiver als Sie, nichts Abstraktes und so», grinste René.

Verärgert blieb ich still, ich hatte René ins Recht gesetzt. Er war immer im Recht, sowieso und ohne meine Zutaten. Es regnete hinter den goldbrokatverzierten Fensterscheiben. Das Gepladder und Leos nasse Stimme und das geisterhafte Raunen der wartenden Kellner waren die einzigen Geräusche, die, seit René nicht mehr schmatzte, gegen das gediegene Schweigen des Speisesaals angingen. Leo kam geschäftig wieder auf seinen Steinway zurück.

«Es war, wie man sich auszudrücken pflegt, eine Okkasion», sagte er.

Ich stellte mir Renés Arme vor: hart, das hoffte ich, die Lippen auch, hart hart, ich hoffte es dringend, und möglichst trocken, hart und den Beinen ähnlich — ich würde es bald wissen.

«Und die haben dann außerdem noch reklamiert», erzählte Leo. «Ich bin natürlich nicht drauf eingegangen.»

Mir fiel mein Einsatz ein und ich sagte schnell, wenn auch ohne Eifer: «Das war richtig, ganz genau richtig.»

Das Licht würde ich aushaben wollen. Sehen wollte ich ihn nicht und mich nicht zeigen. Ich zog den Schuh aus und strich mit den Fußzehen aufwärts und abwärts an Renés Bein, zuerst nur rechts, dann auch links und jenseits der allerdings kurzen Socken. Hierbei nun gedachte ich Leos fast mit Wärme, weil ich ohne Abscheu vor ihm weniger Spaß gehabt hätte. Mehr und mehr freute ich mich auf René.

«Ich möchte ins Bett», teilte ich mit, «und auch für dich wird es Zeit, Leo, mein Armer. Nach dreihundert Kilometern!»

«Oho, die Jugend schickt das Alter ins Bett», lachte Leo und war mir dankbar für mein Stichwort: ihm lag immer daran, meiner bereits fragwürdigen und leicht plusquamperfektischen Jugend mit seinem unanfechtbaren Alter einen wirksamen Kontrast zu verschaffen. René und ich, wir lachten abwehrend-bejahend und mitleidig, allerdings hatten wir nicht mehr viel Geduld, wenigstens ich nicht.

«Aber du hast recht, Mimilein, es wird spät für deinen Marabu», sagte Leo.

Ich weiß nicht, warum er es sagte. Es gehörte nicht in unseren Plan, mich lächerlich zu machen. Er verstand wohl nicht, daß er das tat, und glaubte, nur sich selber herabzuwürdigen. Das schien uns damals erforderlich zu sein. Ich zweifle heute übrigens daran.

«Wollt ihr noch ein bißchen sitzenbleiben?» fragte er uns. «Ich spendiere jedem noch ein Gläschen.»

Nun sah er aus wie eine männliche Bordellière. Er winkte nach Kellnern und bestellte Wein mit einem bemutternden Blick auf uns, deren Beine weiterspielten.

«Obwohl es ja heißt: Jugend ist Trunkenheit ohne Wein», sagte Leo etwas zu schüchtern und an den verächtlichen Kellner gewandt.

«In vino veritas», meinte René, stolz und zu lang abgelenkt von mir.

«Sehr richtig», lobte Leo feucht. Seine Stimme hat keinen Untergrund. Sie ist quallig wie seine Improvisationen auf dem Klavier, eine Stimme mit Pedal. Er beugte sich zu mir herunter und gab mir einen unserer Zwölfjahreheküsse. Ich war ihm dankbar für diese Unterstützung meines Vorhabens. Denn nicht Leo würde ich betrügen (ich weiß kein anderes Wort für die geplante Betätigung, obschon ich ein freundlicheres beanspruchen könnte) – sondern diese schwammigen Küsse. Leo ging, grauhaarig, ganz nett und zu alt durch den Speisesaal, auf seine vorsichtig-untertänige Art sagte er am Buffet irgendwas zu Kellnern, wurde aber nicht gehört. Der feuchte Eindruck, den meine Schläfe von seinen Lippen aufhob, machte mein Mitleid unschädlich.

In bezug auf René haben sich dann übrigens Wünsche und Wirklichkeit durchaus gedeckt.

«Es ging alles gut, wie ich hoffe, mein Armes?» fragte Leo am andern Morgen.

Er stand an meinem Bett. Gekämmt war er noch nicht. Unterm Bart sah er trübe aus. Sein Begrüßungskuß mißfiel mir. Als hätte ich damit gerechnet, es wäre jetzt für eine Weile Schluß mit Küssen.

«Liebe arme kleine Mimi», sagte er leise, zärtlich und naß, nun an meinem Ohr.

Selten hat er mich so angestrengt wie damals am und im Bett. Im gelbbraunen Schlafanzug mag ich ihn sowieso nicht sehr. Ich mag überhaupt Schlafanzüge nicht, mit ihren unappetitlich weiten Hosenbeinen.

«Es war eine Okkasion», sagte ich.

Aber Leo bekam nicht das erhoffte Kind. Wir hätten René einweihen sollen – vielleicht wäre es dann auch etwas amüsanter für ihn gewesen.

Eine großartige Eroberung

Mathilde war emanzipiert und weiblich. Pullmann war emanzipiert und unter einem starken Busen männlich. Darum ließ sie sich mit dem Nachnamen anreden, während für die Freundin alle möglichen Abwandlungen der steifen «Mathilde» erfunden wurden. Meistens nannte Pullmann sie zärtlich Tilli. Der Statur nach hätte eher Tilli den männlichen Teil ihrer Gemeinschaft stellen können, sie war schmal, sogar knochig, die weiblichen Merkmale hatten ihren Auftritt verschlafen und wurden auch nicht mehr erwartet. Tilli trug einen kurzen Haarschnitt wie Pullmann, verzichtete auf Lieblichkeit und erreichte es doch nicht, männlich-unantastbar wie die Freundin auszusehen. Sie konnte es nicht ändern, daß ihre Haare hübsch fielen und sanft das dünne Gesicht mit den etwas unbestimmten Zügen umrahmten. Sie blieb ein Widerspruch, und sie empfand sich als Widerspruch. Ein Grund mehr für ihren engen Zusammenschluß mit Pullmann. Bei Männern konnte sie keinen Erfolg haben, ihre eigenen Hemmungen verdarben immer gleich am Anfang das Spiel. Sie hielt sich für nicht auserwählt. Sie war etwas anderes: Frau nur mit dem Gefühl, fand sie. Etwas fehlte, sie nannte es ungern: Körper. So direkt, es klang so nach Duschraum. Aber als Pullmann erschien, hatte sie schon fast aufgehört, sich darum zu kümmern.

Ärztin, kräftig und beherzt. In ihrem starken weiblichen Körper steckte der Mann, der in Tillis mageren Leib nicht einziehen sollte. Pullmann fühlte so absichtlich maskulin, daß sie der üppigen Weiblichkeit ihrer Figur nie mit den üblichen Tricks Reiz verschaffen wollte. Eine harmonische Beziehung von Innen und Außen kam ihr unnötig vor. Widersprüche störten sie nicht im geringsten; sie entließ sorglos eine tiefe robuste Stimme aus dem großen Busen, derbe Witze mischte sie unverblümt in ihre Reden, während sie allerdings handarbeitete. Sie fand nichts lächerlich. Sie war in ihrer Halbheit ganz, während Tilli sich sehr oft als Torso empfand, als Eidechse ohne Schwanz, Frosch ohne Feuchtigkeit.

Tilli, ja, die hatte etwas von einem Reptil: sie fühlte sich ein bißchen kühl an, bewegte sich leise und schnell und roch nach Schilf, reinlichem Schilf. Sie sprach mit wenig Ton, gut artikuliert trotzdem, und aus sehr schmalen Lippen. Sommersprossen, reichlicher als normal, winters wie sommers, machten Gesicht, Hals und Arme bräunlich. Ein brauner Strich mit dem Farbstift markierte den von der Natur leergelassenen Platz für die Augenbrauen. Sie pflegte sich. Sie zog auch die Lippen nach — schminken nannte sie es nicht — erzielte aufdringliche Kontrastwirkungen mit künstlichen Augenschatten, die sie über die dünnbewimperten Lider rieb. So brachte sie ein wenig bunten Aufruhr zwischen die sprossigen Flächen. Sie tat das aber erst seit der offiziellen Gemeinschaft mit Pullmann, die ihr verbot, sich mit Anstrengung häßlich zu machen. Nur den strengen Haarschnitt ließ Pullman durchgehen, konstatierte sie doch mit liebevoller Genugtuung, daß er der geheimen Hübschheit Tillis nicht schadete. Pullmann besaß, obschon der eigene Mangel an Grazie ihr nichts auszumachen schien, einen Sinn für physische Schönheit, sie sah gern anmutige Bewegungen, bei Frauen, lockerfallendes glänzendes Haar, nette Kleider. Sie selbst versteckte sich mit sarkastischen Kommentaren in kuttenartigen Kleidern, dickmaschigen Wolljacken und fühlte sich wohl in Hosen, die über breiten Hüften spannten und kurze Beine verkürzten. In sportlichen Schuhen waren ihre Schritte laut. Sie warf oft etwas um, eine von zärtlichen Tillifingern arrangierte Blumenvase, etwas von ihrem Nippes — ein handgemaltes Keramikschälchen oder eine kleine Tonfigur — nichts Wertvolles, Andenken, die Tillis ästhetisches Suchorgan überall aufstöberte, und insofern allerdings fast unersetzlich. Doch Pullmanns Lautstärke tat Tilli gut, besonders dann, wenn sie sich diskrepant fühlte, Reptil ohne Schwanz, Frosch ohne Froschiges.

Pullmann war ein halbes Jahr jünger als Tilli, wirkte mit sechsunddreißig aber älter. Sie trug ihr germanisches Haar noch kürzer als die Freundin, schminkte sich nicht, verbesserte auch nichts an den Gegebenheiten, die ihre sorglose Lebenslust hervorgerufen hatte: sie trank, rauchte, aß gern und viel. Ihr häufiges Lachen grub zwei Falten in die Mundwinkel, die aber nicht heiter aussahen. Übrigens gibt es keinen Beweis dafür, daß Pullmann nicht ebenfalls Zeiten der inneren Not oder der Bitterkeit durchgemacht, daß sie nicht genau wie die zarte Freundin den Zwiespalt gespürt hätte, der ihr aufgezwungen war. Aber selbst wenn sie immer noch kleine Krisen absolvierte, so war es ihr doch viel besser als Tilli gelungen, sich im Unabänderlichen zurechtzufinden.

Seit Tilli bei Pullmann lebte, gelang es auch ihr einigermaßen. Sie liebte Pullmann, redete sich ein, diese sei nicht bloß Ersatz. Wie ein Sklavenmädchen für seinen Retter, den es als Helden vergöttert, schaffte sie sich ab beim Aufbau von Pullmanns Praxis, sie gab alles Private preis. Es war nicht besonders viel. Ohne großen Ehrgeiz hatte sie in einem gemieteten, bescheiden eingerichteten Zimmer, das nicht geräumig genug und zu dunkel war, jahrelang Gymnastikunterricht gegeben. Das paßte zu ihr: Gymnastik, geschmeidigkühle Bewegung der Glieder, leise kommandierendes Rufen, das die beugenden und streckenden, sanft schwitzenden Leiber dirigierte. Und hoch, und zurück, und auf, und ab! Freundlich streng klatschten ihre schlanken, braunsprossigen Hände ineinander: Beine hoooch — und ab! Jede Übung konnte sie vormachen. Deklinabel waren ihre Glieder, locker, locker. Das hatte sie aufgegeben, um zu Pullmann zu ziehen. Sie wußte damals nicht, daß ihr Verzicht belohnt werden sollte. Bescheiden verglich sie ihren Dienst an der Gesundheit anderer mit dem der Freundin und fand ihren unwichtiger. Sie opferte ihren Beruf und merkte da erst, daß sie ihn fast geliebt hatte. Aber sie wollte die teure Miete für das Zimmer einsparen, sie brachte die helle Kokosmatte und die paar Gummikissen, das Ruhebett und die Spielreifen zum Auktionator, bekam nicht viel Geld und gab es Pullmann. Nur ihre beiden Tambourins behielt sie für sich zurück: das bessere war wie eine baskische Trommel am Rand mit scheppernden Schellen besetzt. Mit ihm in der Hand fühlte sie sich wie ein südlicher Tanzmeister.

Lohn für Tillis Entsagung! Nach anstrengenden Monaten, in denen sie für Pullmann den Haushalt führte und in der Sprechstunde half: die Kassenzulassung. Pullmann verdiente endlich mehr. Sie konnte sich eine Hilfe leisten, wichtige Apparate, die neue Patienten herbeilockten. Aber das allein war nicht Tillis Entschädigung, auch nicht die achttägige Reise nach Paris, die sie damals in Pullmanns altgekauftem Wagen unternahmen und die Tilli zu rühmen pflegte als »richtiges Erlebnis«, das ihr «eine Fülle wichtiger Eindrücke» vermittelt habe und «schöne Dinge», wie sie das bezeichnete, was Pullman roh «Tillis Bibelots» nannte: etwa bunte Tücher, zu groß für die Nase, zu klein für den Hals, Sachen ohne Gebrauchswert. Aber nicht diese Reise, nicht das bessere Essen, nicht diese Äußerlichkeiten glichen das Opfer Tillis aus. Es war eben ihre eigene Welt, die sich verbessert hatte, seit sie nicht mehr ihr allein gehörte.

Eines Abends im Herbst, ein paar Wochen nach der Parisfahrt, sagte Pullmann mit ihrer lärmenden Stimme: «Wir haben's geschafft, meine Gute. Endgültig. Du warst ein tapferer Kamerad.»

Tilli sah auf von dem Album, in das sie Privatfotos und Kunstpostkarten in sorgfältiger Chronologie klebte; später käme unter jedes Bild ein lustig-anzüglicher Zweizeiler. «Danke», sagte sie fein.

«Nichts da, danke», dröhnte Pullmann, «du hast noch gar keinen Grund. Das kommt erst. Hör zu, was ich plane.» Sie nahm einen großen Schluck: in ihrem Glas, schmutzig maisfarben, perlte Whisky-Soda. Pullmann spülte ihn männlich durch den Gaumen, ehe sie glucksend schluckte. «Du sollst nicht länger das Hausmädchen bei mir spielen. Nicht mehr wie meine Sklavin rumhetzen und tun, was ich sage.»

«Das ist doch Unsinn», widersprach Tilli. Gerührt betrachtete sie das Buntfoto mit Pont Neuf und aquamaringrüner Seine: Pullmann zu verdanken, der guten Pullmann. Kamerad.

«Sei nicht so devot, Schäfchen», polterte Pullmann, breit grinsend. «Gleiches Recht für jeden von uns. In unserm Fall furchtbar einfach: du kriegst deinen Beruf zurück.»

Tilli schreckte auf. «Was sagst du da? Wie soll ich denn, wie —» Ihre Stimme war fast mehr als nur hörbar geworden.

«Ich meine, daß du wieder Unterricht geben sollst, wenn dir's Spaß macht. So quasi gekoppelt an meine Praxis, bißchen Heilgymnastik, du verstehst. Im Prinzip nichts anderes, als was du früher gemacht hast.» Gutmütig laut fuhr sie fort, anzuweisen; vitale Befehle, ein gesunder Platzregen.

Tilli hörte und staunte, ließ langsam Bereitschaft keimen und kurz darauf Freude. «Ja, wenn du meinst», sagte sie schließlich. Sie schnickte mit der ihr eigentümlichen Bewegung das locker gewellte Haar hinters linke Ohr zurück und hörte wieder dem praktisch-nüchternen Gesprudel von Projekten zu.

«Im ersten Stock bei Frau Prammitz ist ein größeres Zimmer frei, sie würde es uns vermieten, nicht teuer. Du brauchtest es vorerst vielleicht nur zwei halbe Tage pro Woche zu beanspruchen.»

«Aber es müßte immer Gymnastikraum sein, auch an den freien Tagen», rief Tilli in beinah unziemlichem, aber beruflichem Eifer.

«Natürlich. Sie wird aber nicht so viel Miete schinden unter diesen Umständen. An alles ist gedacht, kleines Schaf.»

Es war ein homophoner Gesang: sobald Tilli, Skepsis im Blick, etwas zu fragen hatte, verlor die geschäftige Pullmann die Geduld. «Jetzt kommt der Clou, mein Kleines. Du kriegst ein Klavier. Und einen vertrockneten, gammeligen Exprofessor dazu, der es beklimpert.»

Mit wollüstigem Behagen registrierte Pullmann die Fassungslosigkeit der Freundin. Ein Klavier, das war schon viel. Aber wieder nicht so viel: es war etwas, das man erwerben konnte. Mit Geschicklichkeit sogar für wenig Geld. Das Überwältigende war der Mann, ein – wenn auch vielleicht sonderbares, unansehnliches, gar lächerliches – Exemplar jener Gattung, deren Angehörige fern und unerreichbar, ganz und gar tabu waren.

«Um Gottes willen, was wird er bloß für ein Kerl sein», fragte Tilli zagend am Abend vor dem Beginn des ersten Gymnastikkurses.

«Nicht schlimm, alt, schäumt ein bißchen aus den Mundwinkeln und riecht nach feuchtem Hundefell», brummte Pullmann, sie kniff die Augen zusammen. «Die drei Zähne, die er hat, scheinen noch ganz intakt zu sein.»

Aber der Professor war in Ordnung. Er spielte gut, und Tilli richtete einen Extrakurs ein, der dann «Rhythmische Erziehung und Körperkultur» hieß. Keine Unredlichkeiten. Gewagte Dekolletés sah man nicht, keine zu angenehmen Beine. Alles war gedämpft, kühl schwitzend, leise beklatscht von Tillis langen glatten Händen, sanft-streng verordnet von ihrer feinen Stimme. Arme und Beine deklinierten, wurden feucht in Walzertakten, die bei besonders hohem Schwierigkeitsgrad der Übungen in schleppenden Ritardandi ausklangen. Das metallische Geklirr oder dumpfdröhnendes Bumsen der beiden Tambourins gab den Ton an.

Dem Professor gegenüber blieb Tilli zurückhaltend, gleichmäßig nett ohne Herzlichkeit, reptilglatt – bis Pullmann vorschlug, ihn zum Tee zu bitten. «Er könnte eine Art Freund werden», sagte sie. «Man sollte ihn ab und zu mal einladen, auch abends, vielleicht zum Essen, denn offen gestanden finde ich, daß er ziemlich viel aus uns rauspreßt.»

«Was? Was preßt er aus uns raus?»

«Geld. Er kriegt zu viel, schrecklich einfach. Für das bißchen Geklimper.» Pullmann lachte, roh und laut.

Tilli hob die braunen Striche der Augenbrauen, und auf der

dunkelbeige betupften Stirn entstand ein enges Faltensystem, zahllose parallellaufende, schmalspurige Gleise aus Haut. «Er spielt wirklich gut. Und für die Rhythmikkurse nehm ich ja auch mehr ein, Pull. Er verhilft mir zu einem gewissen Ruf.»

Pullmanns Lachen wurde dunkler. «Ich sag ja nichts Böses über ihn. Im Gegenteil, ich lade ihn ein, will es jedenfalls, wenn du eiskalter kleiner Stein mich nicht dran hinderst. Komisch, Tilli-Schätzchen, du bemitleidest ihn, aber hier willst du ihn nicht haben.»

«Ich versteh nicht ganz, worauf du hinauswillst, wirklich.» Tilli schnickte nervös das Haar nach links, streifte, wie sie es oft tat in ähnlichen Stimmungen, die Finger der rechten Hand, beim kleinen Finger angefangen, am Daumen ab. Es entstand ein glattes Geräusch, fast ohne Ton, denn sie übte keinen Druck dabei aus.

Pullmann klappte den Deckel der Dose aus gehämmertem Messing auf, einen von Tillis Schönheitssinn erworbenen Gegenstand, entnahm mit den zwar sauberen, aber ungepflegten Fingern eine Zigarette, steckte sie zwischen die herabgezogenen Lippen und zündete sie an. Sie verschwand für kurze Zeit hinter bläulichen Qualmsträhnen. «Darauf will ich hinaus: durch Entgegenkommen unsererseits, Gastlichkeit, etwas wie unpersönliche Freundschaft ohne Intimität etcetera, will ich sein Gefühl für Anstand ansprechen.»

«Wie bitte?»

Pullmann seufzte. Ihr stabiler Zeigefinger beklopfte die Zigarette, träufelte staubfeine Asche in das Keramikbecherchen: aus Paris. Sie nahm die Zigarette wieder zwischen die Lippen und sagte, während die weiße Tabakrolle im Mund zappelte: «Ich will ihn uns verpflichten. Er wird weniger Geld für die Stunden nehmen, wenn er ein bißchen Umgang hat. Freundschaftspreis, kapierst du's jetzt, Schäfchen?»

«Ja», sagte Tilli schwach.

«Du willst mich schließlich nicht ruinieren, was?» Lärmend krachte Pullmanns Gelächter.

Tillis Mund verkniff sich beleidigt. Sie senkte den Blick und nahm mit der rechten Hand die zugeklappte «Zeitschrift für rhythmische Erziehung und Hygiene» wieder auf. «Ich verdiene ja wohl auch», sagte sie steif.

Pullmanns tiefe Stimme überschlug sich in tosender Heiterkeit. «Das weiß ich ja, kleines Kamel», rief sie.

Sie sprang vom Sessel auf, lief hinüber zur Freundin, beugte sich und brachte ihr Gesicht in die Nähe des andern, des gekränkten, verwundeten. Wohltuend drückten ihre Hände die schmalen Schultern, wärmten das magere Fleisch über den kantigen Knochen, braunsprossig unter der hellen Bluse. Die lebhafte problemlose Wange rieb sich an Tillis Kinn und taute es auf, trieb Schmelzwasser in die klaren Augen, die sanft baten — um was? Gewiß um Sanftheit, unter anderm.

Wenn es zu Intimität kam, zwischen diesen beiden, so ging sie jedesmal von der Jüngeren aus, von der robusten Pullmann. Sie hatte sich manchmal darüber beschwert, niemals fange Tilli an, zärtlich und anschmiegsam, immer müsse sie selber die einleitenden Gesten machen. «Du bist doch so sehr Frau», pflegte sie mit leichtem Spott zu sagen, «so weiblich und so gefühlvoll mit deinen Bibelots, den Deckchen und Krämchen, wo man nur hinsieht. Und doch hast du nichts Schmeichlerisches, nichts vom schnurrenden Kätzchen, das mit Bettelaugen auf Liebkosungen wartet.» — «Es gibt auch Frauen ohne Katzennatur», wehrte Tilli sich und empfand Trauer über ihre Unfähigkeit, das zu sein, was Pullmann wünschte.

Sie baten den Professor zum Tee. Er kam, brachte Nelken mit und ein paar Schnitten seines Diätbrotes, weil er seit Jahrzehnten ungewohnte Nahrung vermied. Die beiden nicht mehr jungen Mädchen fühlten sich jung. Auch weiblich, sogar Pullmann, die nicht so laut redete und lachte wie sonst, aber viel; weiblich, jedoch emanzipiert, nicht verschroben und nicht verdrängt aus einer Gattung, der ihr Haarschnitt Ade gesagt hatte. Der Professor war alt, etwas zu alt für die Wirklichkeit, nicht zu alt für ein Spiel, für eine Dosis Täuschung, für ein paar Gramm Betrug an den eigenen Gefühlen. Es tat ziemlich gut. Sie luden ihn wieder ein, nun zum Abendessen. Pullmann hatte ein besseres Kleid an als beim ersten Mal, ein richtiges Kleid mit einem Gürtel, den sie – entgegen ihrer Gewohnheit, gutes Aussehen der Bequemlichkeit aufzuopfern – um drei Löcher zu eng schnallte, ja, sie stieß den blanken Messingdolch in ein noch nie benutztes Loch, so daß der Gürtel zwängte und schmerzte.

«Zu gemütlich ist's bei Ihnen», sagte der Professor und fing an, ungewohnte Ernährung nicht mehr zu vermeiden. Alle seine Mitteilungen machte er in lobendem Tonfall, meist handelte es sich um Ausrufe mit bewegter, musikalisch singender Stimme, die durch schlechte Artikulation erheblich an Wohlklang einbüßte, jedoch sympathisch warm und von Liebenswürdigkeit gefärbt blieb. Auch schmeckte es ihm. «Daß Sie eine ausgezeichnete Lehrerin sind, wußte ich schon, aber daß Ihre hausfraulichen Qualitäten mit den erzieherischen gefährlich konkurrieren, war mir fremd», rief er Tilli zu. Ihr machte es nicht wenig Mühe, seine schaumigen Bemerkungen zu verstehen.

«Ja, sie kocht fantastisch», stimmte Pullmann zu und ertappte sich bei der Gewohnheit, zu schmatzen.

«Ganz vortrefflich», rief der Professor noch lauter und nahm erneut von den Erbsen, die glänzend grün waren, wie polierte Perlen aussahen und ihm nicht bekommen würden. «Wirklich, wirklich ausgezeichnet.» Er plagte sich ab mit Petersilie, die ihm lästig war. «Und wie schön es aussieht.» Seine «s», «z» und «ch» verschwammen mit Speichel und Speisebrei zu einem weitschweifigen Schwall triefend nasser «sch».

Tilli aber lächelte geschmeichelt und sommersprossig. «Rührend, daß Sie es so loben. Greifen Sie doch zu, bitte.»

Immer kühner wurde er bei Tisch und nachlässiger gegen seine Diät: Pullmanns prospektiver Patient. «Ich nehm mir noch von der sündhaften Mayonnaise, ja doch, ich tu's», beteuerte er schmunzelnd einem imaginären Zweifler. Seine untüchtigen Augen hinter Glas plünderten die Schüsseln. «Ist ja ein Arzt im

Haus, kann mir also nichts passieren, nicht wahr?» Hierüber erfreut, lachte er mit sich selbst und gierig.

«Verfressen ist er, der alte Bursche», äußerte Pullmann. Doch ohne Härte, ohne Bosheit. Er hätte ihr gefehlt, wenn er nicht mehr jeden Freitagabend, fortan ohne Nelken und ohne Diätbrot, aber mit bleibender vergnügter Gier eingetroffen wäre.

«Richtig ausgehungert ist er immer», sagte Tilli bekümmert. Es war gegen Mitternacht. Er war fortgegangen. Sie zog eine Strickjacke über die für das Exemplar aus der Gattung Mann entblößten Schultern. Sie hatte den Professor nicht so gern wie Pullmann, obschon er auch für sie jeden Freitag auf seinen Sofaplatz gehörte, fröhlich schmausend, und hinterher, wohl angefüllt, altertümliche Komplimente, zahnlose Elogen aus den gischtigen Lippen entlassend, ans Klavier. Sie war humorlos und deshalb genoß sie ihn nicht auf Pullmanns beobachtende Weise. Sie machte sich schön für ihn, aber aus triftigeren Gründen als die Zuschauerin Pullmann, die leicht auch zur Darstellerin wurde: mit lebendigem Geflacker in den Augen, ohne Gefühl, trat sie zum Professor auf die Bühne, um über ihn und sich selber zu lachen. Sie, Tilli, glaubte jeden Freitag an ein Wunder. Daß der Professor sich verjüngt habe. Oder daß er, viel besser, einen jüngeren Verwandten, einen reizenden, aber anspruchslosen Neffen mitbringe, daß ein männliches Auge sie sähe, ein männliches Ohr sie höre. Rettung. Ja, er würde ihr fehlen, wenn er nicht mehr erschiene, aber sie empfand, daß es besser wäre, wenn er wegbliebe. Stürbe oder in eine andere Stadt zöge. Sie mit Pullmann wieder allein ließe. Pullmann war ganz in ihrer Halbheit und sie genügte. Meistens. Jedenfalls bevor der Professor auftauchte, hatte Tilli nicht alle acht Tage um die gleiche Zeit gespürt, daß Pullmann nicht genügte. Und daß auch der Professor nicht genügte, keineswegs. Daß alles in ihrem Leben, kühl und leise, nur Ersatz war, alles, auch das klirrende Tambourin und der sanfte Singsang, und auf und ab und auf. Trostlos war es: die Gymnastik, Pullmann, der Professor, die Hygiene, sie selber — etwas fehlte.

Sie war in diesen Wintertagen mit viel Regen und kaum wirklicher Kälte oft traurig, besonders abends, wenn sie dazu Zeit hatte und die langen Finger ineinanderkrampfte über einem Buch, in dem sie zu lesen vergaß, oder wenn die gleichen Finger, emsig zuckend, Masche auf Masche von einer Nadel auf die andere strickten.

«Was ist los mit dir», fragte Pullmann. Sie litt nicht unter Launen, aber mit einer Art sechstem Sinn spürte sie die winzigsten Temperaturunterschiede in Tillis Seele auf.

Tilli legte das Strickzeug in den Schoß, schnickte das Haar hinters Ohr, ließ die behenden Fingerspitzen glatt, tonlos an der Daumenkuppe abrollen. «Morgen ist Freitag», sagte sie. «Heut nachmittag erzählte mir der Professor, wie sehr er sich wieder darauf freut.» Sie dehnte den Diphthong, man hörte sie selten verächtlich. Sie klapperte mit den Nadeln und fuhr fort: «Ich glaube, er hat's drauf angelegt, noch öfter eingeladen zu werden.»

Erstaunt warf Pullmann ihr Buch in die Sofakissen. «So süffisant? So mißgünstig? Und was ist Schlimmes dran, daß morgen Freitag ist und er kommt?»

Tilli klapperte beschämt, behielt die Lider unten und antwortete nicht. Später fing sie wieder an: «Ursprünglich sollte er kommen, damit er weniger Geld für die Stunden verlangt. Er kommt, ißt sich satt, wurde zum Freund, zum Hausfreund, Pullmann, und nimmt dasselbe für die Stunden. Wie willst du da an dein Ziel kommen?»

Pullmann brachte Minuten mit Schweigen zu ehe sie, einigermaßen gefaßt, eine Spur entdeckte, auf der sie Tillis sonderliche Stimmung verfolgen konnte. «Du magst ihn also nicht. Gut. Verstehe. Er wurde dir mit der Zeit lästig. Oder du konntest ihn von vorneherein nicht leiden und hast nur mir zuliebe mitgespielt. Aber ich will dir mal sagen, wie's in mir aussieht. Mein Ziel, die kleine freundschaftliche Erpressung, hab ich längst aus den Augen gelassen. Er soll von mir aus so viel nehmen wie er will. Ich hab ihn gern, er amüsiert mich, macht mir einfach

Spaß, ich mag die Freitagabende, mit ihm. Und mit dir auch, Tillilein», setzte sie eilig hinzu.

«Ach, schon gut», sagte Tilli besonders leise. «Ich hab's nicht so gemeint. Mach keine Tragödie draus, bitte.»

«Was denn, Tragödie! Man stellt einen Fall zur Diskussion, weiter nichts. Bleib sachlich.» Pullmanns Stimme war so kräftig, so kräftig.

«Aber das ist doch kein Fall, Pullmann, bitte hör auf. Es soll alles so weitergehen und mir ist's recht», sagte Tilli.

Alles ging so weiter, und im Verlauf der Monate fragte Tilli sich nicht mehr, ob es ihr recht war. Sie unterließ es auch, an Wunder zu glauben. Vorbei mit Hoffnungen auf Metamorphosen. Der Professor war und blieb der Professor und würde nie sein gieriges altes schaumlippiges Selbst verlassen. Nie stünde er freitags mit einem Neffen in der Tür. Tilli gliederte ihn in ihre enge Welt ein als neuen Faktor der Hoffnungslosigkeit, als eine starre Erscheinung ohne Zukunft. Freitagsinstitution, Woche für Woche. Sie glaubte nicht einmal, daß er je sterben würde.

Dann kam das Frühjahr. Beide Mädchen fühlten die Kräfte vom Winter aufgezehrt, blinzelten blaß und etwas zerschlagen in die ersten Sonnenstrahlen und planten eine Erholungsreise, da es keinen Sinn hatte, noch bis zum Sommer durchzuhalten. Ein anstrengender Winter, sie sehnten sich jetzt nach Ruhe, desgleichen nach Abwechslung.

Obwohl in allen Fragen des praktischen Lebens Pullmann bestimmte, ließ sie Tilli freie Hand bei der Wahl eines geeigneten Ferienortes. Erst im Anschluß an Tillis Vorschläge kritisierte sie oder hieß gut. Reisen fiel für die beiden unter die Rubrik «Ästhetik», in der von jeher Tillis Kompetenz unantastbar war. So hatte Pullmann sich gefügig in Paris von Tillis Weisungen leiten lassen, mitstaunend, mitfotografierend, aber leichtfertiger; Tilli war geschmeidig vorausgegangen, den Reiseführer in der Hand, zielsicher, Glanz in ausspähenden Augen.

«Darf man wissen, wo's dieses Jahr hingehen soll», erkundigte sich Pullmann vom Schreibtisch aus; sie hatte hier soeben ein ärztliches Gutachten vollendet und mehr als einen Pensionstag verdient.

Auf dem Sofa war Tilli umgeben von bunten Prospekten. Ihr kühles Gesicht wirkte wärmer als sonst, es leuchtete und sah unter dem puritanischen Haarschnitt noch weiblicher aus als gewöhnlich. «Ich dachte an Italien, Florenz», sagte sie. Ehrfurcht längte ihre Vokale, vernichtete die leise Scheu, an die sie ihre Zuhörer gewöhnt hatte.

«Hm», machte Pullmann, «nur bitte nicht zu viel Kunst. Du weißt, ich bin ziemlich k.o. diesmal.» Sie hob den Kopf argwöhnisch und kniff auch die Augen zusammen, wobei die Tränensäcke praller wurden. «Sind da nicht etwa die Uffizien», fragte sie.

«Aber ja», rief Tilli. «Und nicht nur die, wir werden auch sonst noch Wundervolles sehen und studieren, Mittelalter, Renaissance, eine Unzahl von Kirchen, den Dom, den Ponte Vecchio! Und von Fiesole aus — oh Männchen!» So nannte Tilli Pullmann in angemessenen Gemütslagen.

«Na, du weißt ja schon alles», unterbrach Pullmann. «Ich meine, es wäre besser für dich, was weniger Anstrengendes zu unternehmen. Ruhe, Tilli, Ruhe. Das ist's was du brauchst. Ohne dir da reinreden zu wollen, ist ja dein Ressort», fügte sie schnell hinzu, weil Spuren von Gekränktsein über Tillis Gesicht hasteten.

«Ich hab's mir so ausgedacht», sagte Tilli bekümmert. «Anschließend, nach etwa sechs Tagen Florenz, plante ich eine Fahrt nach Sizilien, dort ungefähr zehn Ruhetage, richtige Ruhetage, Pullmann.»

«Hört sich ja ganz feudal an», grinste Pullmann. «Schön, mein Kleines, genehmigt.»

Drei Abende später fand ein Abschiedsschmaus statt: Freitag abends mit dem Professor. Ein Inserat in der Zeitung teilte der Stadt mit, daß Dr. med. Pullmann dreiwöchige Ferien mache, bescheiden darunter in der kleinsten Schrifttype meldete auch

Tilli sich ab und vertröstete auf rhythmische und hygienische Fortsetzung im Frühsommer.

Sie zogen es vor, nicht mit Pullmanns altem Auto zu fahren. Tilli bestand darauf. «Richtig ausspannen sollst du.» Sie packten jede einen Koffer, sie brauchten nicht viel. Quellende Wandertaschen baumelten jeweils links von ihren Schultern. Sportlich schwungvoll, wenn auch leicht ermattet, brachen sie an einem kühlen Maimorgen auf. Zwei alleinstehende Damen, unbestimmbare Anzahl der Lebensjahre, emanzipiert, tüchtig, auf gewisse Weise sogar adrett.

Sie fuhren nach Florenz, nahmen die Unbilden der Reise mit Humor teils, teils mit erwartungsvoller Demut auf sich, verzagten nicht und kamen, noch ermatteter, weniger schwungvoll, weniger adrett, immer noch tüchtig und alleinstehend in dem Hotel an, das Tilli ausgesucht hatte. Es war ein Hotel von der mittleren Sorte, auf Besucherinnen wie sie eingestellt. Sie schliefen schlecht, doch solide, erwachten dennoch hoffnungsvoll, zogen dünne Kleider an und begaben sich in die Stadt. Bunt, lärmend. Leben. Blumen, Bücher, Antiquitäten unter Arkaden, andere Menschen. Männer mit wissenschaftlichen Augen stellten beschämende Diagnosen, saßen lässig vor Espressotäßchen, selbstbewußte Beine, die sie lang von sich streckten, müde und lebendig, in sanfter heißer Sonnentrance.

Die beiden tappten sportlich, aber bereits etwas enerviert längs der anstrengenden Via Tornabuoni, machten mittags, des Italienischen überdrüssig, in einem stillen tearoom halt. Pullmann gähnte ihre Müdigkeit in die flache Hand, die gegen die vorgestülpten Lippen klopfte: «Na, genießt du's, Tilli?»

Tilli nickte, lächelte, ließ die glatten Fingerkuppen über den Daumen rollen. Es war aber nicht mehr so wie in Paris, und sie genoß es nicht. Sie brachte es nicht mehr fertig, sich wie ein Nichts, wie ein nur bewunderndes, aufnehmendes Nichts in den belebten Straßen zu verbergen. Sie empfand sich als Störung und litt unter den abschätzenden Blicken, die ihre Person sofort wieder vergaßen, die so großzügig sie das Nichts sein ließen, das sie bei aller Anstrengung in diesem Jahr nicht sein konnte. Warum denn. Sie kam sich lächerlich vor und überflüssig, wie ein verächtliches mißratenes Abfallprodukt aus der Rippe eines Mannes, unter so vielen wohlgeratenen und sehr begehrten Abfallprodukten.

Am Nachmittag wurde es besser. Sie wandelten in den Spuren Dantes, lasen seine Verse an den Fronten der Gebäude, die Tilli auf dem Stadtplan rot markiert hatte. Sie standen ehrfürchtig und ausdauernd vor dem Haus Michelangelos: grünes Kreuz auf dem Plan. «Wir trinken Geschichte in vollen Zügen», kommentierte Tilli froh.

Am nächsten Tag schwiegen sie sich durch schattig-feuchte Kirchen. In der späten Nachmittagssonne stiegen sie zwischen Gärten und auf den Gassen von San Domenico nach Fiesole hinauf, oben brauchten sie schon Strickjacken und fanden das angenehm. Die Sonne sah zu rot aus, fast übertrieben. Tilli hielt sich an die Berge, die zart und luftig den Horizont verschleierten.

«Glücklich?» fragte Pullmann.

«Ja», sagte Tilli. Sie war es beinah und so gut sie es konnte. Ohne einen Anflug von Wehmut hatte sie es noch nie sein können. Kühl blieb sie, leise, kühl. Das war ihre Art, glücklich oder traurig zu sein, als würde sie von nichts wirklich angerührt, bis zu einem ziemlich hohen Grad Reptil, das die Sonne liebt, ohne ihre Einwirkung in eigene Wärme verwandeln zu können.

Am dritten Tag unternahmen sie das Wagnis, sich zu trennen. Pullmann lehnte es nämlich ab, im Dom zu frieren, sie wollte in der Sonne bleiben, auf den Straßen, im Lärm. Nach dem Mittagessen im Hotel würden sie, laut Tillis Plan, die Ruhestunde übergehen und in Richtung Impruneta wandern, einen Kreuzgang betrachten und vielleicht sogar noch bis Vallombrosa hinaufsteigen, wo Pullmann auf Wald, Tilli auf eine alte Abtei aus war. Ihr Abschied geriet nüchtern, burschikose Worte überdeckten leichtes Bedauern, bei Tilli Angst.

Erregt wie ein Kind, das zum ersten Mal den Schutz seiner

Gouvernante verläßt, ging sie rasch durch Straßen und Gassen, zuckte zusammen bei lauten Rufen, die ihr nicht galten; aber sie hörten sich doch so an, immer fühlte sie sich betroffen und errötete oft. Böse Absichten überall. Bedroht kam sie sich vor, bedroht die Kühle ihrer Haut, als wolle man die ihr betasten, aber wer denn? Spott lärmte um sie her, heißer räuberischer Spott. Tief atmete sie im Dom die stille Kälte ein und wurde ihrer selbst sicher. Doch blieb das aus, was sie Kunstgenuß nannte. Sie war zu dünn angezogen und fror. Sie bekam Hunger, kaum nach dem Frühstück! Hatte sie nicht auch Kopfweh? Entsetzt sah sie ein, daß der Dom sie langweilte. Wie peinlich. Sie suchte draußen eine Bank im Schatten, fand keine und setzte sich schließlich auf den rauhen Stein einer niedrigen Mauer, mit dem Vorsatz, architektonische Schönheit zu genießen und sich träumerisch in historische Assoziationen zu versenken.

Der Mann kam braungebrannt, etwas vulgär lachend. Schwarzes krauses Haar auch an den nackten Armen. In engen Hosen war er viel mehr Mann als Pullmann in weiten. Mit dem rotgebundenen Reiseführer winkte er in Richtung Tilli.

Sie erkannte ihr Buch sofort und sprang von der Mauer auf die prickelnden lahmen Füße. «Oh ja, das ist meiner, vielen Dank», rief sie. Sie streckte den mageren gepunkteten Arm aus, die Hand öffnete sich, Finger wollten zugreifen und blieben leer.

Der Mann stand vor ihr, grinsend unverschämt; wie etwas, mit dem sie sich nicht verständigen konnte. «Deutsche?» fragte er mit Spott in der etwas fettigen Stimme.

«Ja», sagte sie kühl und machte nun strenge Augen. «Geben Sie bitte her und vielen Dank.» Eine Stimme wie im Unterricht für die Mädchen: strecken, beugen, auf, ab.

Er klopfte das flache Buch gegen sein Bein. «Dachte eher Engländerin.»

«Weswegen», fragte sie und ärgerte sich. Nur nicht mit ihm diskutieren, nicht vertraulich werden, keine Anteilnahme, von oben herab, ganz kalt.

Er tippte mit der Zeigefingerspitze viele Male auf seine Wangen und auf die Stirn, tupfte viele Pünktchen in sein Gesicht, einen dichten Schwarm Sommersprossen. Dann lachte er laut. «Hab ich gern», sagte er.

«Lassen Sie den Unsinn! Geben Sie mir mein Buch, endlich.» Ihre Stimme war aber eher eher zittrig.

«Na, na, nicht böse werden. Nicht gesund, he!»

Sie spürte eine warme Hand an ihrem Arm. Warmer Druck von Fingern etwas oberhalb des rechten Ellenbogens. Der Mann schwenkte wieder das kleine Buch. «Brauchen Sie gar nicht mehr, das da. Ich kann das machen.» Sein spottendes Lachen war nicht unfreundlich. Er drückte ihren Arm noch fester. Er setzte sich in Bewegung. Sie ging mit.

«Was haben Sie schon davon: Kirchen, Museum, bah!» Ölige, höhnische, milde Stimme. Sie ging immer noch mit. «Ich habe Sie gesehen, im Dom, auf der Bank: so.» Er machte eine Grimasse, er lachte vor sich hin. «Sie haben sich gelangweilt, ah ja.»

«Das ist nicht wahr.» Sie war empört, aber nicht nur das. Kindisch kam sie sich vor, viele Jahre jünger und doch alt, zu alt. Sie schämte sich und ging mit. Die erwartungsvollen Beine liefen gehorsam. Sie ließ ihn reden. Er war nichts Besonderes, aber Bescheid wußte er über sie. Er stieg mit ihr in einen Keller hinunter und leitete sie zwischen buntgedeckten kleinen Tischen in eine kühlatmende Mauernische.

«Ganz unter uns. Schön, he?»

Sie setzte sich und stützte die Ellenbogen auf, die spitzigen harten Knochen, über denen ihr gesprenkeltes Fleisch schrumpelig war, sorgenfaltig. Sie bettete ihr warmes Gesicht in die Handmuscheln und fühlte sich etwas sicherer. Sie sah ihn an, unbereitwillig und allzu bereit. Sie trank süßes, klebrig warmes Zeug und konnte ihre Pein nicht verstecken.

«Allein hier?»

«Mit einer Freundin.»

«Ah.» Sein spöttisches, bescheidwissendes Lächeln. Er hatte

eine zu niedrige Stirn; seine Brauen, sein Mund: gewöhnlich. Nase und Wangen wie aus dunklem Wachs, künstlich und zu schön. Über die Tischplatte weg näherte er ihr seinen breiten Oberkörper, krausschwarzer Ginster wuchs aus dem offenen Hemd, warm, duftend.

Sie trank ihr Glas leer und stand auf, ergriff den Reiseführer und stopfte ihn in die Tasche; alles machte sie fahrig, aber entschlossen. Ihr war heiß und etwas schwindlig. Träge erhob auch er sich. Lässig, begehrlich – verrücktes Zeug fiel ihr ein.

«Das war noch nicht alles», sagte er und faßte sie schon wieder an. Vor dem Hotel gab sie ihm die Hand und nahm sie schnell wieder an sich. Sie wußte nichts zu sagen. Er redete so komisch und fragte im Tonfall von Antworten.

«Ich sehe Sie wieder.» Er lachte höhnisch, zärtlich.

«Wie mysteriös», spottete sie mit erbärmlich kleiner Stimme.

«Sie wollen es ja, Sie wollen». Er sah sie sanft und böse an, opernhaft.

Es war zu hell auf der Straße, sie glühte und glaubte, häßlich auszusehen; schön müßte sie unbedingt sein vor ihm, obwohl sie sich nichts aus ihm machte, denn er gefiel ihr nicht; aber in der Schönheit, die ihr abging, erkannte sie ihre einzige Chance, sich zu retten. «Ich will nicht», sagte sie.

«Ich komme heut nachmittag. Ich bin hier um drei, vor dem Hotel.»

«Unmöglich. Ich komme nicht.»

«Ja. Wir gehn dann zusammen weg. Um drei.»

«Gut», sagte sie, um ihn loszuwerden.

«Um drei hier vor der Tür», rief er ihr nach.

Sie drehte sich um, ließ ihn stehen, eilte im kühlen Hausinnern die Treppe hinauf in ihr Zimmer, ohne vorher nach Pullmann Ausschau zu halten. Vor dem Spiegel blieb sie stehen, steif aufgerichtet ihrem Abbild gegenüber. Eidechse ohne Schwanz, Frosch ohne Froschiges. Entsetzt bemerkte sie, daß der Farbstrich über der linken Augenbraue verwischt und verdorben war, am Ausgangspunkt neben der Nasenwurzel ganz verschwunden. Nackt lag das helle Auge im bräunlichen Gesprenkel, sehr vogelähnlich. Ja, sah sie nicht aus wie ein Vogel, verschreckt, wie eine Pute. Ihre Finger zitterten, während sie hastig färbten und strichen, als gelte es, sich selber genau so zu betrügen wie andere. Zu spät! Wie häßlich, häßlich. So hat er mich gesehen. Was will er. Mich beleidigen. Als ihr keine Worte mehr einfielen, versuchte sie zu weinen. Es mißlang.

Pullmann erzählte sie nichts. Sie drängte zur Eile beim Essen, behauptete, man dürfe nicht zu spät ins Val d'Ema kommen, weil eine bestimmte Lichtstimmung des Nachmittags den Vollgenuß von Kreuzgang, Oliven- und Zypressenhainen bedinge.

«Es ist zu heiß», sagte Pullmann. «Wir sollten die weite Tour vorläufig zurückstellen und heute was anderes unternehmen. Etwa gegen drei Uhr weggehen, frühestens, am Fluß nett Kaffee trinken.»

«Nein nein», rief Tilli ungewöhnlich laut. Aber beschämt und in der Furcht, sich verdächtig zu machen, setzte sie krampfhaft leichthin dazu: «Wir haben nur noch ein paar Tage für Florenz, wer garantiert uns dafür, daß es bis zu unserer Abreise kühler wird? Pullmann, bitte, laß uns gehen, schon um halb drei, hörst du, Pull.»

«Gut», sagte Pullmann, «wenn du so scharf drauf bist —»

Aber Tilli entging ihm nicht. Er stand vor dem Hotel, die rechte Hand lag auf der Tür eines offenen Autos; weinroter schmutzfleckiger Lack, der in der Sonne flimmerte, ein schäbiges graues Verdeck zurückgeklappt. Sein schlafendes Lächeln erwachte, als er die beiden Frauen sah.

Die Hitze klopfte in Tillis Schläfen, brauste in den Ohren, und blind tappte sie ihm entgegen. «Meine Freundin, Doktor Pullmann», stellte sie vor. Die Worte zerbröckelten an der schlaffen Zunge.

«Guten Tag», sagte der Mann.

«Und er?» fragte Pullmann. «Darf man vielleicht auch wissen —» Sie sah mit verwundertem Spott abwechselnd auf Tilli und den Mann.

«Alessandro Stronti», sagte er. Er verbeugte sich und sah albern aus.

«Ich lernte ihn heute morgen kennen, er brachte mir meinen Reiseführer, ich vergaß ihn im Dom, verstehst du, auf der Bank habe ich ihn liegenlassen.»

«Sie sind Doktor und ich bin Künstler», sagte er, grinste Pullmann an.

«Was für ein Künstler», fragte sie streng.

«Ein Lebenskünstler, Signora.» Er lachte, legte die rechte Hand auf Tillis, die linke auf Pullmann nackten Oberarm. «Steigen Sie ein», rief er, «ich fahre Sie herum, wohin Sie wollen, steigen Sie bitte ein.»

«Na, warum nicht», sagte Pullmann. «Was meinst du, Tilli, bei dieser Hitze fährt sich's besser. Sie sind Florentiner?» Pullmann lachte derb und warf sich in den engen schmutzigen Fond.

«Nein, Norditaliener, Milano», sagte er und rollte verrückt die Augen. «Kommen Sie, mein Fräulein.»

Tilli stolperte ins Auto, wollte sich neben Pullmann zwängen, wurde lachend von beiden gehindert.

«Bequem ist's nicht», rief Pullmann nach vorne, als das Auto anfuhr. «Die Rückreise mach ich auf deinem Platz, Tilli.» In ihrer Stimme war gute Ferienlaune und sie lachte dauernd. Zärtlich und laut rief sie: «Eine großartige Eroberung, Tillilein! Kommt nur ein paar Tage zu spät. Die hättest du früher machen sollen.»

Der Mann lachte mit, nur wenig und weich. Zwei Stimmen an Tillis Ohr, sie jagten sie in eine Schlucht. «Wie heißt sie?» rief der Mann nach hinten. «Meine Freundin? Tilli oder Milli oder Tildchen, wie's kommt. Aber eigentlich Ma-thil-de.»

Beide lachten wieder, liebevoll und böse.

Der Wagen hüpfte in den Kurven, es ging steil bergauf. Sonne, glühend zitternde Luft, silbriger Dunst, von bläulichen Adern durchzogen, Wind, der die feinen kurzen Haare zerwehte. Warum war es nicht schön? Der Lärm des Motors, die aufgewirbelte staubige Hitze, die lachenden Stimmen machten

Tilli zu schaffen. Und am Ziel bewunderte sie nicht den Kreuzgang der Certoza von Galluzzo, auch nicht die duftende Pracht der blühenden Haine. Erst im Wald von Vallombrosa wurde ihr etwas wohler. Der Schatten tat gut. Das Dunkel schützte die empfindlichen Augen. Aber ihre Haut blieb heiß und pochend den ganzen Nachmittag, unangenehm. Unglücklich sah sie dem metallroten Licht zu, wie es glitzernd über die riesige Domkuppe und den fernen dünnen Campanile floß.

«Giotto», sagte sie kläglich, die schmalen Lippen bewegten sich kaum. Sie hörte sich selber nicht zu, das Sprechen war ein Reflex. «Und die Domkuppel, die ist glaub ich von Brunelleschi.» Gelehrige Schülerin, die sie überall in der Fremde war, wollte sie mit ihren gelenkigen Fingern den roten Reiseführer durchblättern.

«Das ist jetzt nicht wichtig», sagte Stronti und nahm ihr das Buch weg. «In den Lichtungen von Vallombrosa muß man sich küssen. Das Mysterium von Florenz! Wußten Sie das nicht?»

«Was für ein Unsinn», rief sie ängstlich, sah sich um nach Pullmann, die unweigerlich zwischen Baumstämmen entschwand.

«Doch doch, glauben Sie mir!» Neugier und Verachtung in seinen Augen.

«Das haben Sie erfunden, weil's so viele ähnliche Geschichten gibt, eine so albern wie die andere. Touristenfallen!» Sie sprach schnell. Sie sah ihn böse an und wollte sich abwenden. Er packte ihre Arme und zog sie an sich. Sie stolperte gegen ihn.

«Und wenn's nicht wahr wäre, he? Ist doch nicht schlimm. Es macht doch Spaß.» Jetzt war seine Stimme leise, affektiert und lockend, es war warm in seiner Nähe. Sie wehrte sich mit Faustschlägen gegen seine Brust, blieb aber stumm aus Angst vor Pullmann. Schlagend, gepeinigt, wollte sie den Kuß.

Anderntags reisten Pullmann und Tilli ab. «Er macht mich krank», hatte Tilli gesagt. «Er wird uns hier nicht mehr von den Fersen weichen, ich schwöre es dir. Und er ist so hoffnungslos dumm, wirklich.»

«Aber ganz nützlich, bei all seiner schmalzigen Gewöhnlichkeit. Mit Hilfe seiner schmuddligen Rappelkiste sehn wir hundertmal mehr als allein.»

«Nein nein, er ist mir einfach zu unsympathisch, weißt du, er verdirbt mir ganz einfach die Ferien. Pull, ich wollte doch mit dir allein sein, richtig in Ruhe, Pull.» Sie hatte beinah geweint. Die Lippen, die schmalen, kühlen, blieben fest verschlossen auf argwöhnische Fragen. Geküßte Lippen, unverschämt geküßt, auch das Kinn, sogar die Nase. Sie dachte immer wieder daran: seine Zähne hatten ganz leicht zugebissen. Ihre Sommersprossen befeuchtet von einer brutalen warmen Zunge, neugierig und gemein.

Sizilien kam ihr trostlos vor; über einer nackten dürren Wüste roch die Luft brenzlig. Ach, wie gewissenhaft hatte sie sich auf die dorischen Tempel vorbereitet, wozu wußte sie das jetzt alles, abends in Pullmanns Wohnzimmer hatte sie so viel damit anfangen können: Segesta, Selinunt, Agrigent, Syrakus, Paestum. Jetzt stand sie bloß etwas schwindlig im leeren Hügelland herum, vor den ersehnten Ruinen.

In Segesta fühlte sie sich so elend, daß Pullmann die Zügel in die Hand nahm und beschloß, für den Rest der Zeit in Taormina zu bleiben. «Es strengt dich zu sehr an, das Reisen und Bestaunen. Baden sollst du und zunehmen, ordentlich essen», sagte sie väterlich.

Sie bewohnten zwei hübsche Zimmer; die Straße unter ihren Fenstern war weiß, die Stadt belebt. Die Hügel spannten sich bis zum blassen Horizont. Pullmann verordnete Spaziergänge am Golf. Sie lebten ruhig.

Aber Tilli wurde nicht frischer. «Irgendwie fühl ich mich beklommen», sagte sie, «ich weiß nicht.»

«Du bist ein kleiner Angsthase», schalt Pullmann. Sie tat zärtlich, war aber gereizt. «Sieh zu, Schätzchen, daß du nicht hysterisch wirst. Hörst du: nichts wird dir je passieren.» Es klang wie ein Urteil.

«Das wäre noch schlimmer», sagte Tilli leise, sie hörte es selbst kaum.

Blinzelnd betrachtete sie das milchige Meer: schwappend wie eine schwere häßliche Suppe. Abends spiegelte es alle Schattierungen von Rot, bevor es tiefblau und schließlich grauschwarz wurde und unheimlich gegen die Steine klatschte. Es gefiel ihr nicht. Aber sie kehrte ungern abends vom Strand zurück in die laute Stadt, in das dunkelglühende Ekzem. Hier erwartete sie, was endlich eintraf in einer unruhigen Nacht.

Auf der Straße vor ihrem Hotel stand Stronti und lächelte eitel. «Sie haben sich nicht verabschiedet», sagte er. Da stand er also, griff nach ihrer Hand, die ihr unangenehm warm vorkam in seiner, stand da, um ihre Unvollkommenheit zu verhöhnen, stellvertretend für alle Männer. Eidechse ohne Schwanz.

Von da an erschien Stronti jeden Tag bei ihnen am Strand. Beschämt lag Tilli zwischen ihm und Pullmann in der Sonne, streckte die mageren Glieder. Sie hatte jetzt noch mehr Sommersprossen, sie täuschten, bloß nicht aus der Nähe, einheitliche Sonnenbräune vor.

Am Nachmittag des dritten Tages schickte Pullmann ihn zum Einkaufen, und noch ehe er ganz außer Hörweite war, erklärte sie: «Mir geht er allmählich auf die Nerven, der glutäugige Sandro. Ich überlege, wie wir ihn loswerden.»

«Ja.» Tillis Zustimmung war matt.

Gereizt darüber rief Pullmann: «Du benimmst dich übrigens höchst sonderbar. Wie ein Pensionatsgänschen. Bist du etwa verliebt?»

«Wieso?» Tilli fuhr empört auf. «Er ist mir widerlich, wirklich.»

«Wenn er dir zuwider ist, kapier ich nicht, warum du dich so aufführst. Dieser Gauner amüsiert sich über dich, ja, das tut er. Du bist Ende Dreißig.» Sie sprach jetzt ganz scharf und sehr laut. «Bist nicht besonders attraktiv, ja, verzeih, nicht für üblichen Männergeschmack, keine Kurven, kein Getue etcetera, und bist ein bißchen verschrullt, wie ich, nur anders, alles das macht für dich persönlich nichts aus, aber für ihn, für Männer seines Schlags erfüllst du sämtliche Voraussetzungen.»

«Was für Voraussetzungen?»

«Na, er will dich hochnehmen, er ist zur Abwechslung mal auf was aus, was ihn sonst kalt läßt. Ein bißchen was von Perversion, schon mal gehört?»

«Das versteh ich nicht.» Tillis Stimme zitterte.

Pullmann donnerte los: «Jetzt reicht's mir, hör mal. Wo hast du denn die letzten sechsunddreißig Jahre zugebracht, auf dem Mond? Da hat er ja Glück bei dir, wahrhaftig. Er kriegt genau, was er will, der Schlaumeier. Er köpft die Unschuld.»

«Ach, du weißt ja nicht mehr, was du sagst», rief Tilli und stand auf. Zum ersten Mal seit der Bekanntschaft mit Stronti fühlte sie sich beruhigt unter einer oberflächlichen, durch Pullmanns Vorwürfe geweckten Erregung. Pullmann hatte sie gerettet. Pullmann wußte Bescheid. Wußte alles, sah alles. Pullmann, nur Pullmann. Wie einfach. Worauf hatte sie nur im vergangenen Winter gewartet, wonach sich verzehrt — törichte Hoffnungen, gemeine Krankheit, Gift, Erniedrigung. Sie würde nie mehr an diese Dinge denken. Sie zitterte diesmal, weil sie den Weg in die ruhige Freiheit sah. Eidechse ohne Schwanz, warum nicht, dann war sie eben so ein Exemplar, so eingerichtet. Sie konnte nun endlich zurückkehren in ihr ordentliches, gelenkig-kühles Leben und es fortsetzen. Mit Pullmann. Ein bißchen verschrullt wie ich, nur anders. Pullmann war klüger, erfahrener, hatte den schmierigen Don Juan sofort entlarvt und sich nicht wie ein albernes Gänschen einschüchtern lassen. Ihr hatte niemand was verdorben. Ja: Pull. Männchen. Pulli. Tilli freute sich auf zu Hause.

Beim Heimweg ins Hotel hängte sie sich in den kräftigen Arm der Freundin. Kühl war sie endlich wieder, kühl, fein und leise. Und Pullmann nahm Tillis Finger in ihre Hand, brummte zärtlich tiefe Laute. Tilli war dankbar. Sie hatte das Bedürfnis, die Freundin mit etwas Besonderem zu belohnen. Nach dem Abschied vor der Zimmertür entschloß sie sich, noch einmal hinunterzugehen, in der Eisdiele gegenüber eine Erfrischung zu besorgen und damit Pullmann zu überraschen. Lächelnd, mit den Gedanken der Zeit voraus, knöpfte sie ihr Strandkleid wieder zu, frisierte das lockere kurze Haar, musterte ihr Spiegelbild mit wohlwollender Nachsicht und verließ leise ihr Zimmer. Unten auf der Straße steckte die schläfrige Ekstase der Nacht sie nicht an, oh nein, sie nicht, das war vorbei. Jedem das Seine. Sie hatte jetzt keine Angst vor den Leuten. Sie ging nicht sofort in die Eisdiele hinüber, sondern längs der Häuser, gestreichelt von der Glut, die in den Mauern hockte. Das alles erst jetzt zu genießen, wenige Tage vor der Abreise, was für ein Jammer. Pullmann und ich, eine gute kleine Gemeinschaft aus Notwendigkeit, und alles ist gut. Ein bißchen eifersüchtig schien sie außerdem gewesen zu sein, die Gute. Pullmann eifersüchtig, ich in Not, eine rettet die andere, sie mich mehr als ich sie, allerdings. In ihrer zufriedenen Ruhe ertrug sie jetzt alles, was sie vorher beleidigt hatte: die anzüglichen Männer, Weindunst, Atemstöße, Gelächter. Sie hielt dem stand, mitunter sogar schon mit vorsichtigem Vergnügen und Neugier. Das Pathos der südlichen Nacht.

Am Ende der lang durch die Stadt gezogenen Straße ging sie auf der gegenüberliegenden Seite zurück, ganz langsam. In der Eisdiele lieh sie eine Schüssel aus, ließ sie hoch füllen mit pastellfarbenen, schweißperligen Kugeln und trug sie über die Straße ins Hotel. Ihre Handflächen wurden kalt und taten fast weh, aber sie lächelte, nah dem Ziel.

«Buona notte, Signorina!» Die freundliche Wirtin, den verschlafenen Busen halb über dem schwarzen Kleid, nickte ihr zu.

«Buona notte», sagte Tilli germanisch und etwas verlegen, lächelte aber weiter.

Langsam stieg sie in den zweiten Stock, knöpfte unterwegs mit der klammen linken Hand das Strandkleid halb auf, denn es war schwül im Haus und still auf den Fluren. Sie klopfte nicht an, sondern leise, wie es ihre Art war, trat sie ein. Und dann stand sie auf der Schwelle, halbaufgeknöpft, die feuchte Schüssel in der kalten Hand. Da saß ihr Schutz, schwanzlos wie sie, verschrullt wie sie, aber anders, Pullmann auf dem Bett neben dem Spötter und Don Juan, neben seinem funkelnden Oberkörper, Pullmann ganz dicht an der Seite des glutäugigen Gauners und Schlaumeiers in einer Umarmung, die vielleicht auch nur wieder stattfand zur Tillis Rettung.

Sie kehrte um, ging in ihr Zimmer, schloß die Tür, riegelte ab, zweimal. Vor den Spiegel stellte sie sich, setzte die Schüssel ins Waschbecken, legte die kühlen Handteller an die Wangen. Lang betrachtete sie sich. Sie empfand die Kühle ihres Gesichts und einen undefinierbaren Schmerz. Schutz, den sie verloren hatte. Oder den sie gerade jetzt in diesem Augenblick nachdrücklich empfing. Pullmann, die sich an ihrer Stelle ins Wasser wagte? Für sie durchs Feuer ging?

Sie ging mit der Schüssel vom Waschbecken weg, setzte sich auf ihr Bett und stellte das kühle Porzellan zwischen ihre auseinandergespreizten Schenkel. Langsam beknabberte sie die eine Waffel, Pullmanns Waffel. Ihre schiebende Hand trieb das flache mürbe Backwerk zwischen die gleichmäßig greifenden und zermalmenden Zähne. Dann benutzte sie die andere Waffel als Löffel und leckte das Eis; kühl, wässrig.

Die Klavierstunde

Das hatte jetzt alles keine Beziehung zu ihm: die flackernden Sonnenkleckse auf dem Kiesweg, das Zittern des Birkenlaubs; die schläfrige Hitze zwischen den Hauswänden im breiten Schacht der Straße. Er ging da hindurch (es war höchstens eine feindselige Beziehung) mit hartnäckigen kleinen Schritten. Ab und zu blieb er stehen und fand in sich die fürchterliche Möglichkeit, umzukehren, nicht hinzugehen. Sein Mund trocken vor Angst: er könnte wirklich so etwas tun. Er war allein; niemand der ihn bewachte. Er könnte es tun. Gleichgültig, was daraus entstünde. Er hielt still, sah finster geradeaus und saugte Spucke tief aus der Kehle. Er brauchte nicht hinzugehen, er könnte sich widersetzen. Die eine Stunde möglicher Freiheit wog schwerer als die mögliche Unfreiheit eines ganzen Nachmittags. Erstrebenswert: der ungleiche Tauschhandel; das einzig Erstrebenswerte jetzt in dieser Minute. Er tat so, als bemerke er nichts davon, daß er weiterging, stellte sich überrascht, ungläubig. Die Beine trugen ihn fort, und er leugnete vor sich selbst den Befehl ab, der das bewirkte und den er gegeben hatte.

Gähnend, seufzend, streckte sie die knochigen Arme, ballte die sehr dünnen Hände zu Fäusten; sie lag auf der Chaiselongue. Dann griff die rechte Hand tastend an die Wand, fand den Bilderrahmen, in dem der Stundenplan steckte; holte ihn, hielt ihn vor die tränenden Augen. Owehowehoweh. Die Hand bewahrte den saubergeschriebenen Plan wieder zwischen Bild und Rahmen auf; müde, renitent hob sich der Oberkörper von den warmen Kissenmulden. Owehowehoweh. Sie stand auf; empfand leichten Schwindel, hämmernde Leere hinter der faltigen

Stirnwand; setzte sich wieder, den nassen Blick starr, freudlos auf das schwarze Klavier gerichtet. Auf einem imaginären Bildschirm hinter den Augen sah sie den Deckel hochklappen, Notenhefte sich voreinanderschieben auf dem Ständer; verschwitzte Knabenfinger drückten fest und gefühllos auf die gelblichen Tasten, die abgegriffenen; erzeugten keinen Ton. Eins zwei drei vier, eins zwei drei vier. Der glitzernde Zeiger des Metronoms pendelte beharrlich und stumm von einer auf die andere Seite seines düsteren Gehäuses. Sie stand auf, löschte das ungerufene Bild. Mit der Handfläche stemmte sie das Gewicht ihres Arms gegen die Stirn und schob die lappige lose Haut in die Höhe bis zum Haaransatz. Owehoweh. Sie entzifferte die verworrene Schrift auf dem Reklameband, das sich durchs Halbdunkel ihres Bewußtseins schob: Kopfschmerzen. Unerträgliche. Ihn wegschicken. Etwas Lebendigkeit kehrte in sie zurück. Im Schlafzimmer fuhr sie mit dem kalten Waschlapppen über ihr Gesicht.

Brauchte nicht hinzugehn. Einfach wegbleiben. Die Umgebung wurde vertraut: ein Platz für Aktivität. Er blieb stehen, stellte die schwere Mappe mit den Noten zwischen die Beine, die Schuhe klemmten sie fest. Ein Kind rollerte vorbei; die kleinen Räder quietschten; die abstoßende Ledersohle kratzte den Kies. Nicht hingehen, die Mappe loswerden und nicht hingehen. Er wußte, daß er nur die Mappe loszuwerden brauchte. Das glatte warme Holz einer Rollerlenkstange in den Händen haben. Die Mappe ins Gebüsch schleudern und einen Stein in die Hand nehmen oder einen Zweig abreißen und ihn tragen, ein Baumblatt mit den Fingern zerpflücken und den Geruch von Seife wegbekommen.

Sie deckte den einmal gefalteten Waschlappen auf die Stirn und legte den Kopf, auf dem Bettrand saß sie, weit zurück, bog den Hals. Nochmal von vorne. Und eins und zwei und eins. Die schwarze Taste, b, mein Junge. Das hellbeschriftete Reklameband erleuchtete die dämmrigen Bewußseinskammern: Kopfschmerzen. Ihn wegschicken. Sie saß ganz still, das nasse Tuch beschwichtigte die Stirn; sie las den hoffnungweckenden Slogan.

Feucht und hart der Lederhenkel in seiner Hand. Schwer zerrte das Gewicht der Hefte: jede einzelne Note hemmte seine kurzen Vorwärtsbewegungen. Fremde Wirklichkeit der Sonne, die aus den Wolkenflocken zuckte, durch die Laubdächer flackerte, abstrakte Muster auf den Kies warf, zitterndes Gesprenkel. Ein Kind; eine Frau, die bunte Päckchen im tiefhängenden Netz trug; ein Mann auf dem Fahrrad. Er lebte nicht mit ihnen.

Der Lappen hatte sich an der Glut ihrer Stirn erwärmt: und nicht mehr tropfig hörte er auf, wohl zu tun. Sie stellte sich vor den Spiegel, ordnete die grauen Haarfetzen. Im Ohr hämmerte der jetzt auch akustisch wirkende Slogan.

Die Mappe loswerden. Einfach nicht hingehen. Seine Beine trugen ihn langsam, mechanisch in die Nähe der efeubeklecksten Villa.

Kopfschmerzen, unerträgliche. Sie klappte den schwarzen Deckel hoch; rückte ein verblichenes Foto auf dem Klaviersims zurecht; kratzte mit dem Zeigefingernagel ein trübes Klümpchen unter dem Daumennagel hervor.

Hinter dem verschnörkelten Eisengitter gediehen unfarbige leblose Blumen auf winzigen Rondellen, akkuraten Rabatten. Er begriff, daß er sie nie wie wirkliche Pflanzen sehen würde.

Auf den dunklen steifen Stuhl mit dem Lederpolster legte sie das grüne, schwachgemusterte Kissen, das harte, platte. Sah auf dem imaginären Bildschirm die länglichen Dellen, die seine nackten Beine zurückließen.

Einfach nicht hingehen. Das Eisentor öffnete sich mit jammern-
dem Kreischlaut in den Angeln.

Kopfschmerzen, unerträgliche. Wegschicken. Widerlicher kleiner Kerl.

Die Mappe loswerden, nicht hingehen. Widerliche alte Tante.

Sie strich mit den Fingern über die Stirn. Die Klingel zerriß
die Leuchtschrift, übertönte die Lockworte.

«Guten Tag», sagte er. «Guten Tag», sagte sie. Seine (von wem
nur gelenkten?) Beine tappten über den dunklen Gang; seine
Hand fand den messingnen Türgriff. Sie folgte ihm und sah
die nackten braunen Beine platt und breit werden auf dem grü-
nen Kissen; sah die geschrubbten Hände Hefte aus der Mappe
holen, sie auf dem Ständer übereinanderschieben. Schrecken in
den Augen, Angst vibrierte im Hals. Sie öffnete das Aufgaben-
buch, las: erinnerte mit dem (von wem nur gelöschten?) Bewußtsein. Eins zwei drei vier. Töne erzeugten seine steifen
Finger; das Metronom tickte laut und humorlos.

Die Schwestern

Die Leute sagten, die Hütte sei armselig, baufällig, eine Schande für die Stadt. Sie lag hinter den sonderbaren flachen Hügeln im Osten, auf dem trockenen Sandboden, der mit dürrem Gras und zwergenhaften Blumen bewachsen war. Das Gelände jenseits der Abfallberge und der blauen Rauchwolke aus verbranntem Müll nannten sie die «Steppe».

Am schandbarsten war die Tatsache, daß sie zu acht in der Hütte wohnten. Aber man ließ sich Elisa gegenüber nichts anmerken, wenn sie auf ihren Besorgungsgängen durch die roten Backsteinstraßen lief, in den Läden stand und vom Zettel umständlich ablas, was sie selbst aufgeschrieben hatte, wenn sie in dem abgegriffenen Lederbeutel fingerte und Münzen bedauernd auf die Glasschale legte. Aus dem Umstand, daß man sie jetzt öfter als früher zum Metzger gehen sah, schloß man, die finanzielle Lage von Ludwig Braun, dem Vater der sieben, müsse sich gebessert haben. Er war Gelegenheitsarbeiter, er fand hie und da lichtscheue, einträgliche Beschäftigung. Es müsse ihm besser gehen, dachten die Leute, wenn Elisa jetzt zweimal oder gar dreimal in der Woche am Ende ihrer Besorgungen in der Metzgerei Schöps verschwand und immer lang brauchte, bis sie, rotglühend im Gesicht, eiligen Schrittes wieder herauskam.

Als sie aber öfter und öfter zu Schöps ging, und nachdem Kunden beobachtet zu haben glaubten, sie warte immer freiwillig bis zuletzt, bis der Laden leer war, faßte man Argwohn, schöpfte man Verdacht, wußte man schließlich mit Sicherheit von amourösen Beziehungen zwischen ihr und dem Metzger zu berichten. Niemand mißgönnte der armen Elisa das Glück, einen Weg gefunden zu haben, der sie von der trostlosen Hütte wegführte. Daß sie sich ausnützen ließ von der ungezähmten Bande ihrer Geschwister, deren lärmender Anführer der Vater selbst war, stand für alle fest. Sie hatten Elisa ganz gern, achteten sie mit einer Mischung aus Neugier und Schadenfreude, die sie für Mitleid hielten.

Elisa hatte immer ein Lächeln im Gesicht. Wie ein stämmiger, handfester Engel kam sie allen vor, auch ihrer Familie. Seit dem Tod der Mutter trug sie die Verantwortung. Die Geschwister und der Vater fanden nichts dabei. Elisa war älter als Meta, kräftiger und gesünder. Es war vernünftig, daß sie alles auf sich nahm.

Elisa selbst glaubte das manchmal, wenigstens bevor Philipp Schöps für sie ein Mensch zu sein anfing, einer, mit dem man reden konnte und in dessen Augen eine Art Absicht stand. Jetzt glaubte sie es kaum noch. Sie wußte, daß ihr Lächeln ein Muskelkrampf rechts und links von ihrem großen Mund war, eine fortdauernde Spannung, die sich nicht, ehe sie das Licht in der Schlafkammer ausgemacht hatte, lösen durfte. Sie schlief zusammen mit der vierzehnjährigen Meta, und die duldete den veränderten Ausdruck der Schwester nicht, löschte ihn mit lieblosen Anspielungen.

Daß es mit Schöps etwas werden könnte, kam Elisa zweifelhaft vor, als sie ihren breiten starkknochigen Körper im Spiegel über dem Spülstein betrachtete. Es war spät in der Nacht von Samstag auf Sonntag. Sie unterzog sich wie gewöhnlich als letzte der Wochenend-Reinigung. Diese Stunde war ihr die liebste, ihr Sabbat. Sieben laute Blutsverwandte hatten sie endlich allein gelassen, schliefen jetzt ihren unbedenklichen, selbstsüchtigen Schlaf. Elisa betrachtete die rote rauhe Haut ihrer Arme, die von kräftigen Muskeln verunstaltet waren, die starken Schultern, die unweiblichen einförmigen Linien, die schwache Senkung zwischen Rumpf und Hüften. Nie würde das Gefallen wecken, Liebe. Nicht die Art von Liebe, die sie aus Metas Romanheften kannte. So eine Liebe würde Meta erleben. Meta hatte ein hübsches zartes Gesicht, Liebreiz, etwas Elfengleiches und eine Spur Gemeinheit um die Mundwinkel. Elisa wußte mit müder Traurigkeit, daß Meta ganz ohne Erbarmen war.

Wieder fuhr ihr Blick träge über die blasse Spiegelung ihres Körpers. Auf einmal hatte sie den großen ungeformten Leib gern. Ihr Denken war plötzlich lebhaft und verworren, so daß ihr warm wurde auf der ganzen Haut. Das ist das einzige, was mir gehört, worauf ich mich verlassen kann. Er ist ich. Ihr war heiß, sie schwitzte ein bißchen unter den Armen, sie setzte sich auf den Küchenstuhl. Ich. Mit den ausgelaugten Fingern strich sie über die warme Haut ihres Ich, liebkoste sie langsam, ohne Sentimentalität. Ein dämmriges Gefühl von Frieden kam über sie; der hartnäckigen Zuversicht eines jeden ihrer schweren Glieder wurde sie sich bewußt.

Schöps' Entschlüsse gingen aus langwierigen Überlegungen hervor. Seine Gründlichkeit hatte ihm bisher nur Erfolge eingetragen. Die Metzgerei seines Vaters, der als Säufer gestorben war, konnte er aus Verwahrlosung in einen Zustand von angenehmer blutrünstiger Wohlhabenheit leiten. Stolz blickte er, selbstgefällig, auf die sacht baumelnden Reihen bleicher und roter Würste, auf die blutigen Fleischlappen, die von den Eisenhaken hingen und in den Glasschalen übereinandergeschichtet lagen, auf die Töpfe mit Gurken und Kraut und fettigen Suppenklößen, die aufgereiht zu blassen Ketten die Porzellantabletts füllten. Er lehnte den Bauch gegen die Theke: die Kühle des Marmorrands drang durch den Hemdstoff. Während er auf und ab und hier- und dorthin sah, bewegte er die farblosen schmalen Lippen.

Lang hatte er Elisa beobachtet, lang bevor sie es ahnte an sie gedacht, nicht zeitvertreiberisch — das gab es für ihn nicht. Er wußte, daß seine Herzlichkeit erst mit dem Zweck erwachte. Der Geiz mit seinen gemächlichen Gemütsbewegungen war wohlüberlegt und nicht unmenschlich. Elisas Qualitäten erschienen ihm begehrenswert, ihre Mängel beachtete er nicht.

Er hatte ganz und gar nichts gegen anmutige Frauen, betrachtete sie gern hinter den hellen Augenwülsten hervor, sah sie voll Wohlgefallen jenseits der Ladentheke stehen, erröten die einen, kühl und sachlich bleiben die andern. Aber für sich selbst wollte er keine schöne Frau. Er brauchte etwas wie Elisa.

Während er sich so zusprach, galt es, eine Stimme zu übertönen. Die sagte ihm, daß er, Philipp Schöps, trotz aller Wohlhabenheit, die er zu bieten hatte, keine Ansprüche machen könne. Er war eitel und wußte doch, daß er, an allen gängigen Maßstäben gemessen, häßlich war, er wußte, daß den hübschen Frauen sein formloses Gesicht mißfiel: blaß und pustelig war es, unter der speckigen Haut aufgedunsen. Die Arme, die aus den blaugestreiften Hemdärmeln quollen, überzog durchsichtige Haut, unter der bläulich und rötlich geringelt Blut und Adern schimmerten. Sie ähnelten den kränklichen Würsten, die in schlaffen Kränzen von den Haken hingen. Sein Bauch spannte Hose und Hemd, bedrohte die Knöpfe. Schöps war zu dick für sein Alter und für seinen Wuchs — alle in der Stadt sagten es. Man sah ihm mit den gleichen Blicken nach wie der tüchtigen Elisa, wenn er — selten — den Laden verließ und durch die Straßen ging: etwas wiegend wie ein Seemann, stolz und mißtrauisch. Aber er besuchte den Gottesdienst, trank nicht. Er war ein geschätzter Bürger, einer, über den es wenig zu sagen gab. Seine Fleisch- und Wurstwaren hatten überzeugte Anhänger.

Er wußte: ich bin nicht geliebt, aber geachtet. Das stärkte gleichmäßig seine gleichmäßig schwankende Selbstsicherheit. Von Elisa bekäme er keinen Korb. Alles lag allein bei ihm: ob er sich für sie entscheiden könnte, ob er sie fragen sollte, morgen, auf dem Sonntagsspaziergang, der nur darin bestand, daß er sie von der Kirche nach Hause begleiten würde. Er hatte sie nachmittags treffen wollen, aber rotwangig, kopfschüttelnd hatte sie abgelehnt: mußte Wäsche waschen, den Sonntagskaffee richten und kurz darauf das Abendessen. Und später? Abends? Er hatte sie eindringlich, beinah mit Leidenschaft angesehen, wissend, daß die stattlichen Wurstketten dem Bild seines blassen Kopfes einen guten Hintergrund gaben. Nein nein, unmöglich, sie müsse die Kleinen bewachen, die Großen seien fort, wollten sich amüsieren.

Na, das wäre dann vorbei, dieser Zwang, diese Sklaverei, die sie widerspruchslos erduldete seit — wie viele Jahre waren es schon? Träg lenkte er sein Denken weiter. Die Wäsche würde sie fortan montags waschen. Er schmunzelte. Verwöhnt war sie nicht. Was er ihr böte, würde sie für Wohlleben halten. Immer reichlich und gut zu essen, daran sparte er wahrhaftig nicht, obwohl er die vernünftigen Grenzen berücksichtigte. Und das bißchen Haushalt, bevor Kinder da waren. Nur den Vormittag brauchte sie dafür, nachmittags könnte sie gut im Laden helfen. Er kalkulierte, bewegte lautlos die angefeuchteten Lippen. Aus seinem Schmunzeln wurde Grinsen. Die kleinen wulstbegrabenen Augen starrten auf die weißen Kacheln mit den dunkelgrünen Mäanderbändern, die spiegelnd poliert die Wand gegenüber bis fast an die Decke bepflasterten.

Elisa trug ihr Sonntagmorgenkleid: schwarze verschossene Seide. Ihr gutmütiges großes Gesicht leuchtete noch von der nächtlichen Reinigung. Rechts von ihr ging Meta, schmalgesichtig und lieblich, sehr niedlich und ein bißchen madonnenhaft. Sie summte hoch und leise eine Melodie, einen ihrer Schlager, nach deren Takten sie wochenends geschickt und kühl tanzte. Links von Elisa stolzierte mit zögernder Sicherheit Philipp Schöps, ebenfalls im dunklen Sonntagsstaat. Der Antrag ruhte, festgefügt in kurze bestimmte Worte, klare, unumwunden fragende und gleichzeitig festlegende Sätze, in seinem Hirn, in dem es dennoch bohrte und arbeitete.

Alles war bisher programmgemäß abgelaufen, bis in die Schattierungen von Elisas Lächeln. Aber dann, als sie die Stadt hinter sich gebracht hatten und er forscher zu werden trachtete, den Arm in den angewinkelten schwarzbeseideten Elisas legen wollte, dann war aus irgendeiner Ecke Meta erschienen, in ihrem lumpigen Sommerfähnchen, mit den frechen hübschen Augen, und hatte sich, so als ob sie Elisa leidenschaftlich liebte, an sie gehängt, gelacht, vor sich hingesummt. Schöps zog die zwischen Wülsten versinkenden Brauen zusammen. Sein Arm blieb steif jenseits des Bauchs hängen, wagte sich nicht vor. Warum schickte Elisa dieses Luder nicht weg, da sie doch wußte, was für eine ganz besondere Stunde jetzt zu verstreichen drohte. Sein Zorn auf Meta verwandelte sich in Zorn auf Elisa. Wenn sie so gleichgültig war, könnte er es auch sein. Er würde sich nicht ausgerechnet vom ärmsten und häßlichsten Mädchen der Stadt zum Narren halten lassen, er nicht, Metzgermeister und Ladenbesitzer, nicht von einer, die hinter den Abfallbergen wohnte. Verachtung furchte sein schwammiges Gesicht, petzte seine Lippen ein; ängstlich und böse lagen seine Augen im Fleisch.

Elisa schritt steif und stumm, glühend und nicht unglücklich. Sie bemerkte das Zögern seines Arms, es machte ihr Spaß, daß er schüchtern war. Wegen Meta? Daß sie für diesmal mehr galt als die hübsche Schwester, erfüllte sie mit einem Gefühl von Stolz. Den Mann an ihrer Seite, der sie in die Lage versetzte, so selbstbewußt zu empfinden, bemitleidete sie jetzt, während er so schweigend und gehemmt neben ihr her ging. Der Sandweg durch das bleigrüne Grasland schien ihr betupft von hellen Glücksflecken. Sie war nicht gewöhnt an Gefühle so unbestimmter Art, sie überraschten und verwirrten sie.

Schöps bohrte die runden Speckhände in die Taschen der Sonntagshose, ballte sie zu Fäusten. Alberne Gans, schlechtangezogene. Die soll mich kennenlernen. Zu den andern feindlichen Empfindungen kam Unlust: wie trostlos und schmutzig lag die «Steppe» unter dem fahlen Himmel, wie unangenehm brannten die Qualmschlieren der glimmenden Abfallfeuer in den Augenwinkeln. «Na, ich dreh jetzt um», sagte er gepreßt, er sah nicht auf, sah nicht Elisas Erschrecken, sah nicht das Flachwerden ihres Gesichts. «Wird zu spät.» Sie blieben alle drei stehen; die blaugraue Rauchsträhne des Müllplatzes trieb über ihre Köpfe. «Na, Wiedersehn», sagte Schöps, zog die rechte Hand aus der Tasche und streckte sie Elisa hin.

Sie nahm sie und fühlte, solange sie den Ballen warmen Specks hielt, was sie hätte haben können: Geborgenheit; keine Liebe. Das, was sie brauchte, hätte sie haben können. Wenn sie was nicht oder was mehr getan hätte? Sie wußte es nicht und konnte es nicht herausfinden, als sie weiter nach Osten ging. Meta war neben ihr, sie hatte zu summen aufgehört und sich umgedreht nach dem kurzbeinigen Mann im schwarzen Anzug und gekichert. Durch die hübschen Augen unter der blassen Stirn schimmerte Hohn. «Mach schnell, ich hab Hunger, was denkst du», sagte sie. Sie sah reizend aus. Schwerfällig hob Elisa die großen Füße in den plumpen Schuhen, die der Sandstaub hellbraun fleckte. Sie lief schneller, sah hinter den flachen Hügeln im weißen Licht des Mittags das Teerdach der Hütte. Sie sog den brandigen Müllgeruch tief ein in den trocknen Mund.

Zu Besuch

«Was kommt denn», fragte der Onkel. Mißtrauisch blickten seine immer ungeduldigen Augen.

«Bach.» Die Stimme der Cousine war nicht nett und nicht grob. Sie schaltete das Radio ein.

«Ach so», sagte der Onkel und verzog seinen schon wieder schlechtgelaunten Mund.

Ihr Herz schlug schneller. Es hatte zu wenig Platz zwischen den Rippen. Gute Musik verstimmte sie. Sie war musikalisch und siebzehn. Man schwieg bei guter Musik.

Die Tante erzählte weiter. Sie räkelte sich im Sessel, schlug die kurzen bloßen Beine übereinander und gab fette weiße Knie zu, auch den Saum eines mettfarbenen Unterrocks. Patsch patsch klopfte ihre kleine runde Hand auf den Oberschenkel, sie nickte anregend und die matten Augen lachten mehr und mehr, während sie es nun fertigerzählt hatte und der braune Hund endlich entschlossen war, aufzustehen und zu ihr zu kommen. Er sprang auch hoch, wie sie es wollte, rutschte aber aus, sprang wieder, zog die felligen Hinterbeine nach.

Die ersten Takte der Streicher machten sich über sie her. Sie fing damit an, daß sie auf eine Frage des Onkels nicht antwortete.

Der Hund hüpfte vom Sessel, wand sich wedelnd und leise knurrend am Teppich, wälzte sich auf den Rücken und streckte ein Bein nach dem anderen – sie sah weg und in Richtung aufs Radio. Der Hund schob den Kopf von links nach rechts, immer schneller, links rechts; aus der offenen Schnauze baumelte zwischen elfenbeingelben Zähnen die schlaffe lange Zunge.

«Süßer Süßer Süßer», stachelte jemand ihn auf.

Tief und geduldig entwickelten die Celli das zweite Thema,

sie kannte es auswendig, zu Hause waren alle musikalisch und still bei Bach. Ihre Schuhspitze klopfte den Rhythmus.

Der Hund schnappte ziellos und biß in die Luft. Die Tante verlor ihr bißchen Fassung vor Entzücken. Die Cousine kicherte.

«Fang sie, fang sie», riet der Onkel.

Nun klopfte sie lauter und gegen das Tischbein.

«Reizender Bursche, was? fragte der Onkel, meinte den Hund und sah sie an.

Sie öffnete nicht die zusammengepetzten Lippen, nickte aber. Samtweich das tiefe C der Soloflöte. Aufwärts, Ton für Ton, die ersten Geigen, wieder beschäftigt mit dem ersten Thema. Sie summte mit und hörte wieder auf. Sie drückte die Brauen zusammen, stützte den rechten Ellenbogen auf die gepolsterte Armlehne ihres Sessels, vergrub die heiße rechte Wange im Handteller – sonst fiel ihr vorläufig nichts ein. Die Schuhsohle klopfte rhythmisch in die Wollhügel des Teppichs. Böse bespitzelten ihre Augen den ausgestreckten Zeigefinger der Cousine, der hierhin, dorthin ins flaumige Fell des zuckenden Hundebauchs tippte; sie bewachten das lustige Gesicht, dessen auf- und zuklappenden Mund: «Ei da, ei ei da!»

Sie seufzte.

«Ganz süß spielt sie mit ihm», sagte der Vater und Onkel zur Tante und Mutter. Gekränkt sah er aus und war es. Sein Vorwurf galt ihr und Bach. Er fing an, mit der Tante zu nuscheln. Er zog seine Brieftasche und las etwas vor, Zahlen, auch Wörter – sie verstand nicht alles und wollte nicht, sie wollte nur die Musik hören und konnte es nicht. Lange Triller der Flöte brachten sie zum Lächeln, sie wußte aber nicht, ob die andern es sahen, und wenn sie es sahen, ob sie es richtig deuteten. Die hohen Töne erinnerten sie an Wassertropfen einer Fontäne, und niemand, dem sie es sagen konnte. Sie hielt den Atem an und grub die Fingernägel ins Fleisch neben der Nase.

«Siebenhundertneunundreißigtausend. Was meinst du dazu?» Der zahnlose Mund des Onkels eilte sich mit kurzen Sätzen.

Sie hörte die hohe tonlose Stimme der Tante: gereizt wie so oft und leicht. Jaulend fuhr am Boden der Hund herum, umschnüffelte ihre Beine, sprang halbhoch, nur an ihr, nun war es ihre eigene Haut, die seine schwarze porige Schnauze befeuchtete.

«Weg!» zischte sie. Sie wurde rot, sie schwitzte.

Aus drei Richtungen belagerte ihre gesenkten Lider eine schwere beleidigte Empörung. So was verzieh man nicht ohne weiteres. Eigensinnig schlug sie mit dem Schuh und jetzt wieder lauter. Sie nahm den Kopf hoch und bewegte ihn in ruckartigen, abgehackten Stößen: eins zwei drei vier, eins zwei drei vier. Bei «eins» ließ sie ihn etwas tiefer herunterschnellen: akzentuierter. Aus dem Augenwinkel sah sie, daß die Cousine den Hund unter ihren Sessel zerrte und ihn dort, in Sicherheit, besänftigend betatschte. Sein argloses Schnauben wurde leiser, die kurzen haarigen Beine zuckten bald im Halbschlaf. Sie beobachtete auch, ohne die Lider aufzuschlagen, daß der Onkel den Zettel in ein Fach der Brieftasche steckte, verstimmt, aber ratlos, und daß er das dunkle Lederetui zuklappte und unter die Jacke schob. Die Tante setzte sich zurecht und versuchte mal wieder, den engen kurzen Rock tiefer zu ziehen; die weichen fetten Arme verschränkte sie dicht unter dem Busen, womit sie ihn hochschob.

Die Stille, die sie erzwungen hatte, dehnte sich wortreich und gestenreich um sie aus. Das Konzert hatte gewonnen. Nun füllten die Linienführungen der Fuge herrschsüchtig das Zimmer, in dem sie selber sich durchgesetzt hatte. Sie sah herum. Sanft gähnte die Tante hinter auf und ab klappenden Fingern, schloß die Augen. Der Onkel schlief schon, sein eingesunkenes Gesicht bestand aber noch auf Zorn und Ungeduld. Lautlos kraulten die Finger der Cousine den apathisch träumenden Hund. Da saßen sie, gehorsam, bezwungen. Sie hörte die Stille, die anwuchs und anging gegen Bach und sie. Trotzdem wippte ihr Fuß.

Die Fahrt

Aus dem Dunst strecken sich schwarze Äste dem Wagen entgegen; sein Scheinwerfer packt sie, hält sie fest und gibt sie wieder frei; Vergangenheit, Vergessen.

Er rückt auf dem Sitz zurecht, schmeckt leise schmatzend das säuerliche Unbehagen im Gaumen. Muß ich ihr erzählen, denkt er und sieht sich nach Haus kommen: es wird spät sein, und er wird seine Frau im Bett finden, sich zu ihr legen, das Nachtbrot kauen, zwischen verschlafenen Kiefern malmen. «Ne sonderbare Fahrt war das heut», hört er sich sagen, «richtig gruslig, weißt du mit dem Mädchen für die Idiotenanstalt. Hörst du noch?» Er muß das dauernd fragen, wenn er nachts noch etwas mit ihr besprechen will. «Sie war mir richtig unheimlich, stumm wie sie war, und sah doch fast normal aus. Man sollte es nicht glauben, daß sie sich mit so'm Dorfkerl eingelassen hat und dann das Kind nicht ausstehen kann; in ein Heim haben sie's gesteckt, das arme Luder.»

Der Watteumhüllung entschlüpfen Gitter, die rachitischen Arme der Bäume; Laub im Lichtstrahl und Fensterscheiben links und rechts von der Straße – der Nebel holt sie sich wieder.

Das Mädchen sitzt unbeweglich auf dem Platz schräg hinter dem Sanitäter, den steifaufgereckten Rücken lehnt es nicht gegen das Polster. Im Schoß umklammern die Hände eine gelbe Handtasche mit Messinganhänger. Rina, als er Rina zu mir sagte, mir die Tasche gab. Ihr schmallippiger Mund lächelt nicht, sie beleckt ihn, und das Brennen wird stärker: feucht streift der Nebelwind aus der Fensterspalte darüber weg. Sie sieht den Fahrer von der Seite: seine hellen Uniformschultern, den kraushaarigen Hals mit kräftigen Muskeln. Es ist noch nicht sehr dunkel, und sie sieht im Rückspiegel sein rechtes Auge, hartblau im rotgeäderten Liderfleisch, unter dicken Brauen: kupferrot wie das angestrahlte Laub; sieht unteres und oberes Lid einander entgegenzucken, wenn der Wind über die Wimpern streicht. Sie sitzt steif, stumm: belauert das Auge im Spiegel.

«En komisches Ding, wahrhaftig», wird er erzählen und die Glieder unter der Bettdecke strecken, behaglich die Haut am Leinentuch jucken, «von der Kriminalpolizei gesucht und im Bahnhofshotel von'em kleinen Kaff aufgegabelt, ohne Geld und alles. Aber verrückt sieht sie nicht aus, nicht wie ich solche Deppen in Erinnerung habe: so mit verzerrten Mündern und Glotzaugen, kein Teil im Gesicht paßt zum andern. Sie ist wie jede, hat ne ganz anständige Frisur auf'em Kopf.» Er überlegt einen Augenblick, rekonstruiert das Bild seiner Frau und betrachtet es mit träger Rührung: blond und nett — er grinst und denkt, daß er vielleicht nicht die ganze Nacht von dem Mädchen erzählen will, nein sicher nicht. «Ne Frisur fast wie du», wird er weitersagen, «so'n bißchen aufgebauscht über der Stirn und lockig, nur glänzt es nicht, das Haar, stumpf ist es.» Verwirrt versucht er, einen verschwommenen Gedanken festzuhalten. An dem stumpfen Haar, so will er sagen, sieht man, daß sie keine Freude mehr am Leben hat. Er weiß im Voraus, daß seine Frau ihn nicht verstehn wird. Es ärgert ihn. Selbst verrückt, wird sie rufen, wenn sie sich bis dahin hat noch wachhalten können. Er ist verstimmt; sein Lid flattert, wehrt sich gegen den Wind.

Flache Schwaden von Dämmerung, Geräusche, vom Fahrtwind zerpflückt, huschen durch den Spalt in der Scheibe. Sie starrt in den Spiegel auf das zuckende Lid, starrt ins Auge. Sie weiß nicht, warum sein Bild sie hält. Sie weiß, daß das Auge, wehrlos im entzündeten Fleischbett, etwas Neues in ihrem Leben ist, das Erregendste, was sie kennengelernt hat. Und die Schulter, das geschäftige Beben der Muskeln im Hals. Rina. Sie schaudert, starrt wieder ins Auge; ihre Finger spüren angewidert die Kühle des Leders. Die Minuten wehen durch den Scheibenspalt, sie fühlt die Eile jeder einzelnen: schwarze unerkennbare Zeiteinheiten, schwarz beim Kommen und Wegflitzen.

«Jawohl, umbringen hat sie sich wollen, mehrmals», wird er sagen, damit sie endlich aufmerksam zuhört, und er spürt schon den Druck ihrer Sammlung, das gierige Warten der Ohren. «Sie haben sie jedesmal noch retten können. Und dann ist sie ausgerückt, einfach ausgerückt. Deshalb kommt sie jetzt unter Aufsicht. Es war nicht schön, sie da hinzubringen, ich weiß nicht, sie tat mir wohl leid und unheimlich war's mir, wie sie so stumm da hinter mir saß. Ich hab kaum gewagt, mal en paar Worte zu sagen.»

«Na, bald werden wir wohl da sein», sagt er, wendet den Kopf halb zu ihr.

Sie schreckt hoch, ihr Blick läßt vom Auge im Spiegel ab. «Ja.» Ihre Stimme ist fahrig, klingt nicht.

«Haben Sie schon mal so was gesehn?» fragt er, will nett zu ihr sein und hebt den Hörer vom Funkgerät. Er spricht ein paar Sätze in die Sprechmuschel, eine krachende Bronchitisstimme antwortet.

Sie lacht.

«Macht's Ihnen Spaß?» fragt er, legt den schwarzen Hörer wieder auf seinen Platz zwischen den Sitzen.

Sie lacht.

Er ist nicht gefaßt auf ihr Kichern, das den steifen Körper hinter ihm schüttelt.

«Da wissen sie immer gleich, wo sie 'n paar Tote auflesen können; die Retter spielen», sagt sie laut, hört auf zu kichern.

Sie wartet, lauscht, ob er weitersprechen wird. Sie fühlt in ihren unbeweglichen Blick einen Bausch Nebelwatte geraten, fühlt ihn weich und schwer werden, naß. Tränen. Das Auge — sie sieht hin, es ist flüssig blau im Spiegel. Schultern, Hals, die rechte Wange, Nase und Kinn des Fahrers sind auf nasses Papier gemalt, Wasserfarben, die Umrisse ertrinken.

Er preßt das Fleisch zwischen seinen Brauen in eine Falte, schiebt das Bild seines Schlafzimmers — die breiten Betten, seine Frau ihm zugekehrt, die lauernden Ohren — vor sein bestürztes Denken. «Komisches Zeug hat sie gesagt, das kannste dir gar nicht vorstellen; man konnte nicht mit ihr reden.» Die Retter spielen.

«Hab noch ne andere Fahrt heut», sagt er, «stört Sie's, wenn ich rauche?»
   «Nein.»
   Er findet, daß ihre Stimme verändert klingt; zieht den Rauch ein, schnaubt ihn leise durch die Nasenlöcher.
   «En anstrengender Tag», sagt er, fühlt sich wohler. «Vom Morgen bis in die Nacht. Und der Nebel dazu. Nachts wird er schlimmer.»

Es wird schwarz hinter den Scheiben rechts und links; vor dem Scheinwerfer treibt sämiges Grau.
   Sie starrt, ihr Körper ist krampfhaft steif. Durch die Nacht fahren, immer weiter, rasch und endlos. Keine Rast hinter den Fassaden, kein Riegel, der die Türen in den Wänden versperrt. Fahren fahren. Sie sieht die Qualmsträhnen der Zigarette über das Gesicht des Fahrers ziehen und das Auge verschleiern. Nie mehr aussteigen. Sie sitzt ohne Leben, läßt das Wasser über ihre Wangen laufen: der Wind macht es kalt.

«Na, da werden Sie froh sein, wenn Sie endlich wieder festen Boden unter die Füße kriegen», sagt er. «Nach so'ner Fahrt, wenn man's nicht gewöhnt ist.»
   Sie sagt nichts.

«Manche vertragen's auch nicht. Ihnen wird nicht schlecht im Auto?»

Sie sagt nichts. Er macht eine Pause, überlegt.

«Sie sind gut geeignet zum Fahren. Mit schlechtem Magen kann man nichts machen im Auto.» Er lacht kurz und erregt. Halblaut spricht er weiter.

Die Schultern, die zugige Fahrt, Flug über die Straße. Der Lichtstrahl erobert Schatten, läßt sie gleichgültig zurück. Das Zeituhrwerk hackt böse in ihrem Herzen; sie sitzt, ohne sich zu rühren, fühlt widerwillig das kalte Leder.

«Und was war am Schluß?» fragt die Frau, räkelt sich neugierig. «Los, mach doch schon.»

Seine Hand tappt über den Bettrand, legt das angebissene Brot auf den Nachttisch. Im Mund wälzt er freudlos den ungespeichelten Bissen.

«Was soll gewesen sein?» sagt er.

Er hört das ungeduldige Schnaufen der Frau. «Na, wie haste sie abgeliefert? War sie immer noch stumm? Hat sie nichts gesagt, gar nichts?»

«Nee.» Der Bissen ist dick und trocken, klebt an den Zahnwänden.

Er sieht das Mädchen aussteigen; das rotgeweinte nasse Gesicht. Die leeren Augen. Wie sie die Tasche festhielt. Er fühlt wieder das Gewicht des schwarzen Pappdeckelkoffers; das Schleifen des Bademantels, den er überm Arm trug, hört er. «Na, auf Wiedersehn», hatte er gesagt. «Schlafen Sie gut. War schon ne anstrengende Fahrt, was?» Sie hat stumm immer weitergeweint, ihre Augen waren blind, glasig wie die von toten Fischen. Er hört das Kreischen der Torangeln, den Schlag des einschnappenden Schlosses; er fühlt die windige Nebelnässe.

«Sie war so verrückt wie alle richtigen Idioten», sagt er und schluckt den schweren Bissen.

Ich Sperber

«Wie heißt du», fragt die Lehrerin den letzten in der Fensterbankreihe. Sie spürt wieder stärker das Lauern in der Klasse. Sie geht durch den schmalen Gang, stellt sich vor die letzte Bank. «Wie heißt du. Ich habe dich was gefragt, hast du verstanden?»

«Sperber», sagt das Kind, ohne den Blick vom Fenster weg auf die Lehrerin zu richten.

Die Klasse raunt, das Lauern löst sich, Schuhsohlen scharren, die Hosenböden werden übers Holz gewetzt.

«Und mit Vornamen?»

«Sperber.»

Das Kind in der letzten Bank blickt nicht unfreundlich auf die Lehrerin, wendet sich wieder zum Fenster. Von den fast schon laublosen, fadendünnen Birkenzweigen hüpfen Spatzen und Nonnenmeisen auf die Fensterbrüstung, der gefräßige Kernbeißer läßt sich nicht von ihnen vertreiben.

«Du mußt doch einen Vornamen haben.» Die Lehrerin starrt das Kind an. Sie hat den Eindruck, als balle sich hinter ihrem Rücken, den sie steif und warm spürt, die Kraft der Klasse. Sie beugt sich zu dem Kind hinunter: «Ganz gewiß hast du einen Vornamen, einen richtig netten hübschen Vornamen.»

Das Kind dreht mit Anstrengung den Kopf zur Lehrerin. Die Lehrerin starrt in sein weißes sanftes abwesendes Gesicht, ihre flehenden Augen tasten es ab, suchen darin herum.

«Sperber. Nur Sperber.»

Gelächter springt auf, neben ihr, hinter ihr.

«Nun gut. Dann eben Sperber. Du weißt nicht, was ein Vorname ist. Du bist nicht besonders gescheit. Vielleicht heißt du Hans Sperber.»

Auf dem Götterbaum-Ast, der vor das letzte Fenster ge-krümmt ist, hat ein Star sich niedergelassen.

«Oder Theobald Sperber, Franziskus Sperber. Irgendwas be-sonderes, du willst es nicht jedem verraten.»

Das Kind blickt auf den Ast. Der Star wippt, bebt vor Er-wartung. Endlich ein größerer Vogel: sogar ein Perlstar. Ist er mit Leinsamen und Hanf nicht zufrieden, weil er sich nicht heranwagt? Wie kann er sich nur vor dem winzigen Gewirr der Meisen fürchten: schwarz und langgestreckt und groß. Das Kind beschließt, den kleinen Vögeln einen andern Futterplatz einzurichten. Stare und Amseln könnten bei ihm landen. Aber erst der Sperber!

Die Klasse lacht, wartet. Die Lehrerin steht vor dem Kind.

«Aha. Du hast dir was Lustiges ausgedacht, willst mich anführen.»

«Eine gesperberte Brust», sagt das Kind. «Weiß mit schwar-zen Streifen. Ich bin der Sperber. Ich habe die Sperberbrust, alle Merkmale.»

Stimmen kreischen aus dem brodelnden Lachen.

«Aber jeder Spaß hat mal ein Ende.»

Der erste Grünling dieses Vormittags schaukelt auf dem Birkenzweig. Mohn und Kolbenhirse muß es in Zukunft streuen. Der Grünling hat seine Scheu überwunden, flappt zwischen die Meisen; aber er fliegt davon, bevor er den Mut fassen konnte, sich ein Korn zu picken. Der Ast am Götterbaum ist wieder leer. Vor allem müssen Ameisenpuppen und Fliegenlarven be-sorgt werden. Später dann lebende Insekten. Es muß langsam und gründlich vorbereitet werden. Und soll man überhaupt den Sperber bis an die Schulfenster locken? Wird er sich mit dem, was man ihm da bieten kann, zufriedengeben? In läppischer Meisengesellschaft?

«Also ja ja ja», sagt die Lehrerin, «es ist ein sehr lustiger Streich, den du dir da ausgedacht hast, du komischer kleiner Sperber.» Sie dreht sich von dem Kind weg, geht den Gang zwischen den Bänken hinauf bis an ihren Tisch, stellt sich vor die Klasse. «Spaß muß sein. Nicht alle Erwachsenen sind Spielverderber.»

«Er meint, er wär ein Vogel», ruft jemand von der Türreihe her.

Die Lehrerin hat Lust, mit beiden ausgestreckten Armen aus der Unruhe eine Fläche zu schaffen, glättend, auf der Unruhe mit langgespanntem, endlich besänftigtem Körper dahinzugleiten, zu schwimmen. Sie vermeidet es, nach dem Kind auf der letzten Bank am Fenster zu sehen, aber in einem Winkel ihres Blicks kann es nicht verlorengehen, dort beharrt es darauf, ihren Zorn festzunageln mit seinem kleinen hartnäckigen Rücken, dem sanft und eindringlich weggewandten Gesicht.

Wann wird der Sperber aus dem Stechfichtenversteck herausschlagen, das vom Fenster aus wie Wolle wirkt, obwohl die Entfernung nicht groß ist, fünfzig, sechzig Meter vielleicht, doch die Herbstluft macht alles undeutlich. Der Herbst hängt in Netzen vom Himmel, die Vögel kräftige schwarze Flecke darin. Wann wird der Sperber kommen, von Ast zu Ast im kahlen Götterbaum schrecken? Wird es erst im Frühjahr gelingen, ihn anzulocken, wenn es Forsythien gibt und Heckenkirschenknospen? Wird es Erfolg haben, ihm Nester in Bocksdorn und Schneebeerenbusch vorzubereiten? Nein, es wird nicht genügen. Man wird für ihn töten müssen, das wird nötig sein.

Die Lehrerin schlägt das Buch auf, fragt in die Klasse: «Was habt ihr denn zuletzt gemacht? Jetzt erzählt mir mal, was euer früherer Lehrer mit euch Schönes gelesen hat.»

Und vor allem Wacholder. Es muß eine ganze Hecke gepflanzt werden. Dicht schwarz muß sie sein, eine Wacholdermauer. Drosseln werden darin wohnen, man wird sie opfern müssen. Der Garten muß voller Vögel sein, voller Schlafbüsche und Mäuseschlupfwinkel. Der Sperber wird den Tisch gedeckt finden.

Die Lehrerin steht vor der scharrenden Klasse.

«Bringen Sie's ihm doch mal bei, daß er kein Vogel ist!»

«Er ist ja verrückt!»

So lang der dunkle weggewandte Rücken nicht aus dem Winkel ihres Blicks getilgt ist, kann sie mit der Klasse nichts anfangen.

«Also gut», ruft sie, «der Unterricht ist für heute beendet. Den Sperber» – sie hatte ihre Stimme schraubend in die Höhe gezogen und wieder fallengelassen – «das Raubvögelchen werd ich nach Haus bringen und seiner Mutter übergeben. Wahrscheinlich hat er Fieber, das kommt auch mal bei Sperbern vor.»

Die Hand der Lehrerin zerrt das Kind aus der Bank, es dreht sich noch zurück nach dem Stieglitzschwarm, der ins Goldrautendickicht hinter dem Schulgarten fällt.

«Na kleiner Sperber», sagt die Lehrerin, «jetzt kommen wir bald ins warme Bettchen, das wird gut tun.»

«Ich muß neue Mausefallen stellen. Und ich brauche tote Kleinvögel. Wie kriegt man tote Kleinvögel?» fragt das Kind.

Die Lehrerin nimmt sich vor, es nicht dabei bewenden zu lassen, das Kind bei der Mutter abzuliefern; sie wird dem Schulleiter Bescheid geben; es ist womöglich nicht ganz normal.

Die Frau in der Haustür betrachtet die Lehrerin und das Kind, dann hockt sie sich hin, spannt die Arme aus.

«Komm hereingeflogen!» Sie flüstert an dem Kind vorbei mit der Lehrerin: «Seit Wochen schon! Was soll man tun?»

«Ich werde den Schulleiter fragen», sagt die Lehrerin, sie kauert sich neben die beiden. Warum bist du ausgerechnet so ein böser Raubvogel, warum nicht eine liebe kleine Blaumeise, warum nicht? Du bist doch viel lieber und viel braver als all deine Freunde in der Klasse, weißt du das nicht? Viel sanfter und kleiner.»

«Du bist doch mein lieber kleiner Fink, meine winzige Meise», sagt die Mutter, sie setzt die Wörter voneinander ab, pappt in den Zwischenräumen Küsse auf seine weiße Backe.

«Nein, alle kleinen Vögel, alle Mäuse und Insekten werde ich töten, ich Sperber.»

Die Verabredung

Nach dem dritten Versuch mußte er annehmen, daß alle Gast-
häuser noch geschlossen waren. Daraufhin hatte er auch mit den
Cafés kein Glück; überall zwar offene Türen, aber die Kell-
nerinnen ohne Schürzchen, polierend, wischend, voll mitleidi-
ger Geringschätzung. Das Wetter war nicht besonders schlecht,
trotzdem behagte ihm der Gedanke nicht, bis zur Öffnung der
Lokale auf die Straßen gesperrt zu sein. Sein Fuß tat immer
noch weh. Er ärgerte sich immer noch über die Verabredung
Er dachte an den Wartesaal, doch legte allein die Vorstellung
des braunen Raums mehligen Kaffeegeschmack und Schläfrig-
keit auf seinen Gaumen. Er hatte keinen Ehrgeiz, die Stadt
kennenzulernen. Er bevorzugte die Außenviertel mit schlappenden Hausfrauen, verdrossenen Kassierern, Schulkindern, ein-
zeln, zu dritt, frischgekämmt. Der Lastwagenverkehr rollte den
Fabrikgeländen zu, flußwärts − da fiel ihm der Fluß ein. Er
hatte Lust, in Stimmung zu kommen. Er schob den ganzen
Jammer jetzt erleichtert auf die nichtssagende Geschmacklosigkeit der Stadt. Er folgte den Lastwagen, der Wind setzte
ihm zu, der Lärm setzte ihm zu, Zementstaub belästigte ihn.
Dann war das Ufer nur an zwei Stellen zugänglich: auf der
Brücke, wo die Verkehrssträge sich knoteten, und unter der
Brücke, in einer schmutzigen feuchten Höhlung, die besetzt
war; er bildete sich auf dem Rückweg in die Stadt ein, daß er
sich da wohlgefühlt hätte. Er ärgerte sich wieder über die Verabredung. Über die Opfer, die er brachte, die sie brachte, die
sie gemeinsam klein machten, weil es unansehnliche Opfer
waren, Straßenlärm, Zementwind, geschlossene Gaststätten.
Weil alles so mickrig und widrig und wenig war, hatte der Fund
des Friedhofs das Gewicht einer Sensation. Lange gerade stum-

me Wege, Gräber, beredte Grabsteine, geschwätziges Schweigen, Namen, Namen, Daten, Fixierungen, Behauptungen, verwandtschaftliches Gefühl, alles unterm Schmuck bräunlicher Blätter, die gepflegten und die vernachlässigten Gräber. Längliche Blätter, ausgezackte, runde, dicke und schmale Blätter; er entdeckte Bedauern über seine Unkenntnis. Namen fielen ihm ein; Espe, Eiche, Buche, Erle, Esche. Ein Vogel auf dem frischen Kranz; kein Name. Immer noch tat ihm sein Fuß weh. Aber er fing an, sich wohlzufühlen. Es schien der einzige Friedhof der Stadt zu sein, er hatte zwei Kapellen und eine neugebaute Säulenhalle und eine Art Wald mit fremdartigen, schweren, dunklen Bäumen im ältesten Teil. Er schlenderte wegauf, wegab, er versuchte, sich die modrigen Särge vorzustellen, die zerfressenen Knochen, das Tote, es fiel ihm ein, daß er auch darüber nicht Bescheid wußte: er konnte die Daten nicht mit dem Zerfall zusammenbringen. Er fühlte sich friedlich und traurig. Er wich dem Mann in blauer Uniform aus, Gärtner, Verwalter, irgendein Pietätsfunktionär mit berufsmäßigem Argwohn gegen spaziergängerisches Wohlbefinden. Doch gelang es ihm ja gut, traurig auszusehen, denn abgesehen davon, daß er traurig war, tat sein Fuß immer noch weh, brauchte er Wasser, Seife, Handtuch, ein WC, hatte er Hunger, verstimmte ihn die Verabredung. Aber es befriedigte ihn, daß es hier keinen einzigen Grabstein gab, der ihm etwas bedeuten mußte. Es befriedigte ihn das leise Schuldbewußtsein bei der Erinnerung an die paar Gräber, die ihm etwas bedeuten mußten. Der Straßenlärm jenseits der wachehaltenden Fichten hörte sich wie das Unisono einer Trauermusik an. Er gab sich der blauen Uniform zuliebe den Anschein, ein bestimmtes Grab zu suchen, lieber hätte er sich auf eine Bank gesetzt.

«Darf ich Ihnen behilflich sein?»

Wieder einmal wiesen die Folgen das als Leichtsinn aus, was er für Vorsicht gehalten hatte. Bekümmertes gesundes Aufsehergesicht. «Um welchen Namen handelt es sich?»

«Lohn.»

Die paar Sekunden, die er sich zum Überlegen hätte nehmen können, ohne Verdacht zu erregen, hatte eine Art Traumstimme, eine Stimme außerhalb seines Einflusses eingespart. Dieser Stimme war das Wort eingefallen, nicht ihm, nicht seinem Denken. Lohn. Ein Wort, jetzt ein Name. Er hatte nicht darüber nachgedacht, was ratsamer sei: einen alltäglichen, oder einen ausgefallenen Namen zu nennen. Wo kam die Angst her, die ihn wie ein Ertappter reagieren ließ.

«Lohn?» Der Aufseher machte eine Pause, die den angemessenen Zeitraum des Zauderns zwischen amtlicher Geschicklichkeit und amtlicher Anteilnahme einhielt. «Kommen Sie bitte mit.»

Er folgte auf dem ziemlich weiten Weg zum Grab des Lohn oder der Lohn-Sippe, die er, wie er beharrte sich einzubilden, geschaffen hatte. Er wurde neugierig, bekam Geschmack an seinem Unternehmen; zwar spürte er seinen Fuß, aber der Schmerz war ihm nicht mehr lästig. Das Grab, an dem der Aufseher betrübt stehenblieb, von dem er sich nach einem Augenblick schuldvoller Mittrauer sanft entfernte, enttäuschte ihn, weil es weder allzu kitschig, noch allzu diskret war, weil es ihm wenig Spaß machte, gerade hier seine kleine Blasphemie oder was es war auszuspielen. Auf einer sechsstufigen Granitmauer, ziemlich breit und wuchtig, prangte aus schwarzem Marmor eine die sieben Lohns memorierende Tafel: Eduard, Elfriede, Martha, Reinhold, der kleine Butz, der Doktor Eduard, Luzy unser Engel. Er stellte fest, daß es nicht eine einzige Übereinstimmung zwischen einem der Daten und einer Zahl seines eigenen Lebens gab. Weder seine Hausnummer noch sein Alter. Nicht einmal eine Zifferngruppe aus seiner Kontonummer. Aber er blieb. Das Grab war wenig geschmückt, er freute sich, die zwei Blumenstöcke benennen zu können: Begonien. Die Fensterbank seiner Mutter fiel ihm ein. Begonien und Petunien. Er roch den Suppengeruch, warmer Mittag, unten spielten sie Ball. Das war etwas. Dann Efeu, wo hatte es Efeu gegeben. Natürlich auf den Gräbern, die er der Lohn-Familie zuliebe vernachlässigte. Hochgezogene Efeudecke auf dem marmoreingefaßten Lager, das sie alle teilen mußten in ihrer bombenkellerartigen Wohnungsnot. Wieder prüfte er die Zahlen und fand eine zwei und eine neun, die zueinanderpaßten: so alt war sie. Die Verabredung ärgerte ihn auf einmal mehr als vorher, verstimmte ihn mehr als Fußschmerz, Hunger, Müdigkeit. Jetzt stand er vor diesem Grab, warum sollte er die Reise nicht gemacht haben, um dieses Grab zu besuchen. Es wäre eine Absicht, die ihn aus allem herausgerissen hätte. Er war zufrieden, da vor ihm ruhten bereitwillig massenweise die Rechtfertigungen, efeubewehrt. Ein Ziel, verschroben, insichgekehrt, reuig. Er dachte: ich kenne sie ja kaum noch. Neunundzwanzig. Sie war damals nicht mein Typ und wird es nachher, er sah auf die Uhr; in einer Dreiviertelstunde, ebensowenig sein. Aber das, das hier: fremdes Grab, wer wart ihr, Eduard, Martha, Luzy unser Engel, kleiner Butz, was habt ihr versucht, woran seid ihr gescheitert — das ist etwas; Begonienbiederkeit Mutter Versagen, Küchenkräutergarten, das Geräusch kommt einen Augenblick später als das Bild des aufschlagenden Balls, das ist etwas, trauernder Hinterbliebener vieler von mir Geflohener, gutes deftiges Schuldgefühl, auf eine ehrliche sanfte schneuzende Art traurig. Das Wort: Erschütterung. Das Wort: Tod. Ruhe sanft. Alles wieder möglich, jetzt. Endlich. Reuevolles Vorhaben, die heimischen Gräber aufzusuchen — ohne daß es allerdings dasselbe sein würde, denn mit den Lohns wäre das meiste erledigt. Lohn. Warum nicht: Schmitt. Warum nicht Emmermann, Kappig, Meier, Mecker was weiß ich. Lohn. Womöglich mit Bedeutung. Also abreisen, zurückfahren, durch Lohn mein Lohn.

Er sah auf die Uhr, er hatte Hunger, sein Fuß tat immer noch weh, sogar beim Stehen, er brauchte ein WC. Es wäre unhöflich, die Verabredung nicht einzuhalten. Er ging den langen stummen Kiesweg zurück, an der Säulenhalle vorbei, von weitem sah er den Aufseher, an der einen und an der andern Kapelle vorbei, er winkte dem bekümmerten Aufseher zu, er hörte den Kies knirschen, irgendwas tat ihm leid, der Straßenlärm kam

näher, näher, wurde nah, pietätlos. Längliche, gezackte, ge-
schweifte, runde Blätter, er wußte die Namen nicht, er überlegte nicht: Esche, Eiche, Hainbuche, Unzahl von Büschen,
Laub Laub Laub Laub...

Große Leidenschaft

Als Augenzeuge werde ich ja wohl behaupten dürfen: sie ging weder rasch noch langsam auf ihn zu. Ich habe es gesehen: es war nichts Auffälliges an ihrer Begrüßung. Hinterher wird immer manches geredet. Ich kann das nicht leiden. Ich finde nicht, daß sie so aussahen wie — Sie hat ja keine Miene verzogen. Sie ging auf ihn zu, einfach so, mir fällt überhaupt keine Beschreibung ein, das spricht für sich. So nebensächlich sah es aus, was ihn betrifft ebenfalls.

Wie das in Bahnhöfen ist: sie standen so rum, sie wirkten unschlüssig, sie drückten sich aneinander, eventuell unfreiwillig. Mit dem Wartesaal gaben sie sich zufrieden. Saßen da an einem der rechteckigen Holztische, hatten sich offensichtlich irgendwas zu sagen, hörten aber immer wieder auf, von jeder Nichtigkeit abgelenkt, vor allem sie. Sie sah nicht aus, als ob sie sich viel aus ihm machte. Auch ich mag schon den Typ nicht besonders, mittelblond und etwas fett und so eine sehr leise Stimme, nie versteht man ihn, es liegt daran, daß er sich keine Mühe gibt, er haßt es sich anzustrengen. Während sie — Ich kenne sie zu gut, das macht befangen, sie ist lediglich etwas schlampig, das ist alles, jetzt wird sie ja auch merklich älter, trotzdem: ich mag sie eigentlich doch, oder es kommt mir so vor.

Ich fange anderswo an. Ich war dabei, ich kann meinen eigenen Augen trauen. Schließlich habe ich im Wartesaal auf den Speisesaal, den Tearoom, die Schnellbar — was sag ich: auf das ganze den Bahnhof umrahmende Amüsierviertel dieser Stadt habe ich verzichtet, nur um Augenzeuge zu sein. Sie saßen nebeneinander, das heißt: über Eck. Jetzt hört man: Knie an Knie. Allein diese Ausdrucksweise finde ich schon nicht sehr angenehm. Selbstverständlich erlaubt der Umstand ihres Über-

Eck-Sitzens, der Übelstand Mißstand Zustand allerlei Folgerungen; wenn schon, sie wollten sich nah sein, zugegeben, aber was besagt das, wer will das nicht: nah sein einem, mit dem er — Ich meine, wenn er mit irgendwem was zu besprechen hat, und das hatten sie.

Sie haben bereits so gesessen, über Eck, Knie lasse ich aus, bereits eine Weile: da erst fiel ihm auf, daß sie noch den Mantel anhatte, und er stand auf — Ich fasse mich kürzer: das kennt man: Ungeschicklichkeiten, Bewegungen, die linkisch aussehen, Mantelausziehen sieht immer so aus, und an ihrem flüchtigen Gealber dies betreffend war nichts Besonderes. Er kam vom Garderobeständer zurück und setzte sich wieder auf seinen alten Platz, kann sein etwas näher zu ihr, ich ersetze das Wort Knie durch das mir angenehmere Wort Schulter, ihre und seine aneinander, ich mutmaße hierin aber lediglich. Sie versuchten wieder, das zu besprechen, was sie offensichtlich zu besprechen hatten und weswegen sie sich allem Anschein nach überhaupt getroffen hatten und sich diesen Schwierigkeiten aussetzten, und was sie wohl auch bewegte, bis zu einem gewissen Grad, ihn etwas mehr als sie, es sah so aus. Sie sind aber lang stumm gewesen, haben Zeit verstreichen lassen, obwohl sie es eilig hatten und immer wieder auf die Uhr sahen. Immer noch konnte man keinesfalls den Eindruck haben, es handle sich um — Ich meine, was sie jetzt alle sagen, es will und kann einem Augenzeugen nicht in den Kopf. Nur ein Beispiel: kein einziges Mal sind ihre Hände aneinandergeraten und lagen doch die ganze Zeit zwischen Bierfilzen und schwerem Glasaschenbecher auf der Tischplatte, was heißt: lagen. Es stimmt nicht, ich weiß aber keine Beschreibung für ihre Unruhe. Mit dem, was sie zu besprechen hatten und was sie sprunghaft beschäftigte, waren sie auf einmal so restlos fertig, daß sie nun lahm in einer riesenhaften Langeweile dasaßen. Das dauerte einige Minuten, und sie haben sich zu nichts Nennenswertem mehr aufgerafft. Er hat wieder die Mäntel geholt, hat seinen überm Arm behalten und ihr beim Anziehen geholfen, aber es sah so aus, als wolle er ihr's erschweren. Dies Gealber, diesmal flüchtiger als beim ersten Mal, war typisch für Leute, die das nicht miteinander zu Ende besprechen konnten, was sie miteinander hätten besprechen sollen, und die ganz miteinander fertig waren, kein Wort mehr. Etwas war abgeschlossen zwischen ihnen und unfertig unbehauen ungereimt und mußte so bleiben.

Auf dem Perron sagte sie zu ihm, er solle ihr doch — Ich gebe es wörtlich wieder: «Schicken Sie mir doch mal eine Ansichtskarte, meine Mutter sammelt Briefmarken.» Wenn ich dazu bemerke, daß weder ihre Stimme noch ihr zerstreutes Gesicht spöttisch oder traurig war, während sie dies sagte, und wenn ich außerdem erwähne, daß er es sich fast gewissenhaft anhörte, ich möchte sagen: todernst anhörte; wenn ich dies addiere: beider Bitterkeit, kann ich doch nur zu dem Schluß kommen, daß es sich bei ihnen, auch zu diesem Zeitpunkt noch nicht, um etwas gehandelt hat, das — Mir will das Wort nicht in den Mund. Alle Welt aber wendet es an, und auch auf sie, die über Eck saßen Schulter an Schulter, und auf das, was sie zu besprechen hatten und nicht fertig haben besprechen können, es wird angewendet auf all dies dem Bahnhof Abgerungene. Aber es war nichts, wenn auch monströs, eine unförmige aufgetriebene Geringfügigkeit.

Der Zug fuhr ab mit mir. Sein Zug ging später und ins Ausland. Ich habe ihn seitdem nicht mehr gesehen, ein neues Treffen auf besagtem Bahnhof ist aber bereits wieder im Gespräch. Sie jedoch sehe ich täglich wie von jeher und zeitlebens in allen mein Abbild wiedergebenden Spiegeln. Ich schreibe ihm nicht, rufe ihn nicht an, ringe nicht seinetwegen die Hände. Nichts um seinetwillen. Wirklich ist es mir unverständlich, warum man es dafür hält. Große Leidenschaft! Wollen sie etwa, daß ich gegen alle guten Sitten verstoße und zu ihm hinlaufe mit den Worten — ich wüßte nicht mit welchen. Ich fühle mich mitunter wohl, zwar nicht häufig. Aber meine Traurigkeit kann sich nicht für eine Erfindung meiner Liebe halten. Meine Liebe — nun gebe ich es zu.

Nein: denn soeben überquere ich mit meiner Mutter und einigen Freundinnen Richtung Schloßpark, Schloßcafé, Schloßkino die Straße. Ja, ins Kino, wiedermal ins Kino mit mir, der sie gottweißwas nachsagen. So steigt man nicht auf zu den Sternen.

Ein Fall von Leichtsinn

Spätestens morgen muß ich wissen, wie ich diese Geschichte wieder in Ordnung bringen kann. Denn eben hat Wurff angerufen, um für morgen seinen Besuch anzukündigen. Darauf war ich ganz und gar nicht gefaßt, wahrscheinlich aus Leichtsinn, der mir bisher immer über Wurffs Dringlichkeit hinweggeholfen hatte. Morgen also, schon morgen! Er möchte den Hochzeitstermin fixieren, «in allernächster Zukunft», hat er gesagt, wobei er vermutlich ein Gesicht schnitt, das ich kenne: fast geringschätzig, es bedeutet aber Zärtlichkeit. Wohnung hat er schon und auch die ist mir bekannt: es gelang ihm, seinen alten Eltern ein zusätzliches Zimmer abzuschwatzen, so also würden wir Wurffs geräumiges Atelier, Wurffs Schlafzimmer und diesen Raum der Eltern haben, mit denen vorläufig allerdings Küche und Badezimmer zu teilen wären. Ob mir das was ausmache, fragte er. Es war ja alles längst besprochen. Ich hatte bloß dauernd Angst, beim Telefonieren gestört zu werden. Nein, es mache mir nichts aus, sagte ich, komischerweise machte es mir aber etwas aus, schon dran zu denken, sehr komisch; allein die Vorstellung von etwas, das überhaupt nicht eintrifft, hat mich regelrecht niedergedrückt. Ich sitze also in der Klemme, milder kann ich meine Lage nicht beurteilen. Morgen, schon morgen! Es fällt mir jetzt auf, wie unverfroren es von mir war, mich so lang leidlich ungefährdet zu fühlen. Ich habe keine Ahnung, wie ich morgen damit fertigwerden soll. Gut ausgehen kann es nicht. Über eins bin ich mir im klaren: mir war noch nie so unbehaglich zumute wie jetzt beim Gedanken an morgen. Noch nie war ich so schlimm dran, noch nie.

Ob es mir hilft oder nicht, ich fange die Geschichte mit Wurff immer wieder von vorne an. Natürlich hilft es mir nicht, nichts hilft mir jetzt noch, es ist für alles zu spät, abgesehen von der Wahrheit. Ich könnte Wurff anrufen, die Wahrheit aussprechen. Ich weiß seine Telefonnummer, ich weiß, wobei ich ihn jetzt nicht stören würde: gewiß brütet er über den fünf oder sechs Porträt-versuchen, für die ich ihm Modell gesessen habe. Sein ungedul-diger Pinsel wird da und dort weitere Fehler machen. Ich könnte sagen: Hören Sie zu — ja, erstaunlicherweise rede ich ihn nach wie vor mit Sie an — hören Sie, es ist nicht wahr, daß ich — ich bin nicht — ich bin nämlich — Es gelingt mir nicht einmal, mir selber dies bißchen Wahrheit zu gestehen. Wie sollte ich am Telefon dazu imstande sein? Oder gar morgen, Wurff dort, in diesem Sessel? Seinem von Wünschen mißhandelten Gesicht gegenüber?

Heute haben wir den elften Oktober. Es ist also genau einen Monat her, daß ich, wie jedes Jahr, wie seit vielen Jahren, in Bunz am Berg eintraf. Es hat sich eingebürgert, daß ich diese vierzehn Ferientage im September für mich allein habe. Ich fahre jedesmal wieder nach Bunz, wahrscheinlich weil die Tra-dition meiner kurzfristigen Verschanzung nicht auf einen an-dern Ort übertragbar wäre — ich habe das nie ausprobiert, nie auch nur vorgeschlagen. Es fing nämlich nicht mit Ferien an, in Bunz. Im ersten Jahr bin ich wegen eines Todesfalls hingefah-ren, eine Kusine meines Vaters hatte plötzlich ein Haus hinter-lassen. Im zweiten Jahr mußte ich aufsässige Mieter beruhigen, auch brauchte das Haus neuen Verputz. Ich hielt aber an den An- und Abreisedaten des Vorjahres fest, womit bereits eine Ge-wohnheit begründet schien. Längst geht mit Haus und Mietern alles leidlich, die üblichen hin und wieder anfallenden Schwie-rigkeiten können auf brieflichem Weg beseitigt werden; ich aber fahre nach Bunz, ohne Rücksicht auf Wochentage vom elften bis zum zweiundzwanzigsten September, weil sich her-ausgestellt hat, daß es mir gut tut, und auch weil es nichts schadet, weder den Mietern noch meiner kleinen Familie.

In diesem Jahr sollte mein Zug früher als sonst ankommen. Fahrpläne ändern sich ja. Ich hasse es, vor fünf Uhr nachmittags irgenwo einzutreffen. Nachmittagsstunden bedrücken mich, bis fünf, dann lebe ich auf. Darum stieg ich in Helau aus, eine Station vor Bunz, um zwischen halb vier und dem angenehmen Teil des Nachmittags irgendwo zu sein, wo ich nicht bleiben müßte. In Helau würde ich später den Omnibus nach Bunz nehmen. Wäre ich doch durchgefahren, hätte ich mich doch dieses eine Mal von der törichten Gewohnheit an meine zähen kleinen Ängste befreit! Dann wäre mir der nicht begegnet, dessen Vorname mir noch heut nicht über die Lippen will. Ich meine, in Gedanken verkehre ich immer nur per Wurff mit ihm, rede ihn vorläufig auch nicht mit Ernst-Eberhard an.

Damals, als wir uns auf dem Perron von Helau trafen, waren wir lediglich flüchtige Bekannte, mit einem gemeinsamen Bekannten: Edwin Strecker. Wurff hatte erst vor fünf Jahren unsere Stadt verlassen, um sich aufs Land zurückzuziehen. Er drückte es anders aus, mit Wörtern wie «Abgeschiedenheit», «Stille der Natur» und «Kulturekel». Er redete von seiner «kleinen Eremitage zwischen Helau und Bunz», wo er das «elterliche Häuschen» ausgebaut habe und, wie er in schlichtem Stolz mitteilte, «den alten Leutchen ein bißchen unter die Arme greife». Wir hatten uns etwas herzlicher begrüßt als wir es in der Stadt bei einer Vernissage oder im Theaterfoyer getan hätten: weil wir auf Helaus Perron standen, ohne die Rückendeckung einer uns beiden vertrauten Kulisse. Ich zeigte Freude, habe mich aber nicht oder kaum gefreut. Er schon eher. Wir gingen miteinander auf und ab, als hätten wir unsere sämtlichen Vorhaben vergessen. Was mich betraf, ich hatte ja auch nichts vor in Helau, nichts als Abwarten. Wurff wartete vielleicht auf irgendeinen Zug, nicht auf den nach Bunz, denn der war ohne mich weg und sicher längst am Ziel, als wir uns endlich entschlossen, den kleinen Helauer Bahnhof zu durchqueren und in Richtung Marktplatz, Zentrum rasch zu laufen. Wurff machte idiotisch große Schritte, seine Gangart war mir von Anfang an unangenehm. Er knickte in den Kniegelenken ein, was übertrieben schwungvoll und waldläuferhaft-sportlich auf mich wirkte.

Trug er nicht auch Turnschuhe, Läuferschuhe, mit knubbligen Profilsohlen? Diese Turnschuhe, die er wahrscheinlich an jenem ersten Tag auch getragen hat, kenne ich mittlerweile in grau, grüngrau und verwaschenem Blau. Auch seine übrige Kleidung entsprach dem, was er unentwegt mit «Landliebe» und «Weltabkehr» ausdrücken wollte. Vielleicht waren es nicht gerade Knickerbockers, die er anhatte, es muß aber etwas ähnliches entweder aus Manchestersamt oder Tweed, wenn nicht aus Loden gewesen sein. Von beiger Farbe, das steht fest. Ich kenne bisher überhaupt nur beige Sachen Wurffs, einige davon mit grau oder ocker kaum gemildert. Sein langes trakehnerhaftes Gesicht, verwüstet von der bitteren Genugtuung darüber, als gegenständlicher Maler mittlerer Qualität sich ein für allemal zum Einzelgänger — in einem Akt der Selbstverstümmelung — und Rebellen gestempelt zu haben, seine faltigen Kinnbacken rechts und links seines langen hartnäckigen Kinns, die schmalen Lippen und die hohe Stirn, ja selbst die Augen, die doch bläulich waren, alles behelligte den beigen Gesamteindruck nicht, sondern trug zu ihm bei.

Seine Ausdrucksweise hat mich so ziemlich von Anfang an ermüdet, in ihr war mit Absicht alles vermengt, was durch Klischees und Jargon Sprache verunstaltet, dazwischen mißfielen mir touristische und martialische Reminiszenzen. Ich wiederhole aber: mit Absicht redet er so unerquicklich. Er sagt nicht: dies oder jenes ist mir gelungen — sondern bevorzugt Wendungen von der Art: er habe «die Kurve gekratzt». Für eine ganze Reihe von Wörtern besitzt er verschiedene Übersetzungen; so habe ich ihn statt «Geld» «Kopeken», «Peseten», «Zechinen» oder auch «Rubel» sagen hören. Er pflegte Sätze zu zäsieren, einzuleiten und abzuschließen mit rehabilitierenden Floskeln wie: «Verstehen Sie mich nicht falsch» und «Wenn ich es mal so ausdrücken darf»; und von vornherein überschätzte er seine eigene Bedeutung sowohl als die seiner Äußerungen, indem er mir regelmäßig Geheimhaltung ans Herz legte. «Ich möchte in diesem Fall keine Namen nennen, aber der Betref-

Ob man Geld Geld nennt . . .

... oder Peseten oder Zechinen oder Rubel oder Piepen, Zaster, Mäuse, Moos: das mag wohl auch an der Einstellung liegen, die einer zum Geld hat. Da ist Unsicherheit, die sich hinter burschikosem Auftreten versteckt, Neid, der sich in Beschimpfung Luft macht, verklemmte Habsucht, die verächtlich macht, was sie begehrt.

Geld ist ein Tabu. Über alles andere kann man reden. Schade eigentlich, denn es wäre so einfach: Man müßte Geld nur als Mittel und nicht als Zweck ansehen.

fende hat mir aufs übelste mitgespielt, verstehen Sie mich nicht falsch, und nicht nur mir, auch gewissen anderen Personen, ich will keine Namen ausplaudern, aber da gibt es so einige Leutchen, die Ihnen die interessantesten Geschichtchen erzählen könnten – das bleibt aber unter uns, Sie verstehen mich –»

Zahllose Male beteuerte ich Verschwiegenheit, was mir um so leichter fiel, als ich keine Ahnung hatte, was zu verschweigen war. Ihn aber regte es auf. Seine Andeutungen, die ihm viel sagten, während sie, gleichbleibend dunkel, mir bald langweilig wurden, beschäftigten ihn und mich unterwegs nach Helau am Hang, der Siedlung zwischen dem Südende von Helau und der nördlichen Stadtgrenze von Bunz am Berg. Wir liefen, nein rannten nebeneinander her auf schmalem Sommerweg rechts und längs der Landstraße, die ich eigentlich zu einem späteren Zeitpunkt mittels Omnibus hatte passieren wollen. Nun jedoch sah ich meinem Besuch in Wurffs «ländlichen Refugium» entgegen, er versprach, uns einen «Türkentrunk zu brauen» und meinte Kaffee, hoffte auch, sich «bei Muttern in der Küche» etwas «unverflüssigten Treibstoff unter den Nagel zu reißen», wobei er, wie sich später herausstellte, an Kuchen gedacht hatte, denn Kuchen gab es, Kuchen, für den er in mannigfaltigen Versionen um Verzeihung bat, weil er «nichts für Anspruchsvolle» sei – ich solle ihn nicht falsch verstehen, ob er sich mal so ausdrücken dürfe, unter Brüdern und ohne Namen zu nennen.

Trotzdem: sein Atelier war angenehm, abgesehen von den Leinwänden mit zu viel anstrengendem Rot; und obschon Wurff mir mehr auf die Nerven ging als zusagte, fühlte ich mich wohl in einem neuen Sessel, bei dessen Anschaffung etliche Rubel hatten rollen müssen, Zechinen flüssig gemacht beziehungsweise die nötigen Kopeken aufgetrieben worden waren. Wurff erzählte mir, unter dem Siegel der Verschwiegenheit, Böses aus der Welt seiner Kollegen, von krummen Touren, Schiebungen, von seiner eigenen hohnlachenden Resignation, die mir sehr unglaubwürdig vorkam; mehrmals bezeichnete er sich als «gebranntes Kind» und sah zu alt aus, gab zu verstehen, daß man ihm nichts mehr vormachen könne, ich wußte nicht was, daß er nicht mehr reinfallen würde, ich wußte nicht wohinein, sagte es aber nicht. Ich habe, wie gewöhnlich, zu häufig und zu verständnisvoll mit dem Kopf genickt, bin, wie immer, feige und schweigsam gewesen. Ich verriet nicht meinen Überdruß, meine Erschöpfung, saß und saß und lächelte und war später bei unerfreulichem Rotwein vollends verloren.

Ja, jetzt sehe ich klar, erkenne, womit es anfing. Mir hat es von jeher behagt, mich als den rettenden Strohhalm zu fühlen, besonders für jemanden, der wie Wurff ringsum nur Feinde sah. Wenn ich auch keine Ahnung hatte, wovor ich ihn retten würde, womit ich ihm wohltäte und gegen welchen Widerstand, so trieb mich doch diese merkwürdige und verhängnisvolle Eitelkeit zu stummer, aber wirksamer Nachsicht. Etwas betrunken ging ich von Bild zu Bild, wahrscheinlich wieder kopfnickend; meine Unfähigkeit zu beurteilen oder auch nur zu kommentieren gab ich, vermutlich überzeugend, als besonders feinsinnige Form von Einverständnis und Bewunderung aus. Ich starrte in nachempfundene Landschaften, epigonale Porträts, fand meist schrecklich, was ich mit beglückter Wehmut anlächelte, und blickte zwischen Bild und Bild immer wieder erstaunt zu Wurff auf, auch ungläubig und betroffen, wenn er mit seiner robusten Pfadfinderstimme in Abwandlungen sagte: «Ja ja, Ihnen gibt das was, ich seh's, aber versuchen Sie mal, so was heute zu verkaufen! Versuchen Sie's mal, ja!» Bitteres Auflachen. Dann meine traurige Stimme: «Aber ich dachte —» «Nein nein nein! Falsch gedacht!» Er lachte nochmal und lauter und schien mir nun fast vergnügt. «Mit abstraktem Gefummel, ja, damit locken Sie heute unsere Kunstkritik hinterm Ofen hervor! Verstehen Sie mich recht, aber wir Gegenständlichen, wir armseliges Häuflein klein, wir sind abgemeldet. Wer da nicht rechtzeitig die Kurve gekratzt hat, ich meine: von wegen hier —» Er machte die Geldzählbewegung. Mein Blick gab ihm zu verstehen, ich könne es nicht fassen. Er schätzte das. «Es ist, wie ich sage. Ich möchte es jetzt vermeiden, Namen zu nennen

— weiß der Kuckuck, Sie würden staunen, wenn ich so einiges losließe —» Er lachte sein dröhnendes Lachen und wirkte überaus befriedigt. «Nun ja, wenn ich's mal so formulieren darf: ich bin gern bei den Wenigen. Um einen zu zitieren, der größer war als ich: Geselle dich zur kleinsten Schar.»

An seinen nun schon bläulich verkrusteten Lippen über langen bläulichen Zähnen merkte ich, aber auch an meinen Beinen und erheblichem Ohrensausen, daß ich selber ebenfalls zu viel Rotwein getrunken hatte, trank allerdings weiter. Ich wußte nicht, wie ich mich Wurffs Beanspruchung je wieder würde entziehen können. Es kam mir aussichtslos vor, und heute zeigt sich, wie recht ich hatte. Doch ganz und gar nicht recht hatte ich damit, Auflehnung überhaupt nicht zu probieren. Einfach sitzenzubleiben, nachzugeben, einzuwilligen in diese Gefangenschaft. Vor den hohen Atelierfenstern wurde das Laub seines Gartens dunkel gegen schon dämmrigen Himmel. Ich nehme an, ein zusätzlicher Grund für mein langes Bleiben an jenem ersten Tag war die ungewohnte und wohltuende Gewißheit, daß niemand mich erwartete; ich konnte nach Bunz kommen, wann ich wollte, ich war dort frei, unabhängig, ein Zustand, den ich von Jahr zu Jahr während dieser vierzehn Tage immer wieder lebhaft genieße und auch schon häufig ausgenützt, wenn nicht mißbraucht habe, allerdings noch nie so folgenschwer wie diesmal. Auch Anrufe nach Bunz habe ich mir nämlich verbeten, mit raschem Erfolg, weil wir eine sparsame Familie sind und Ferngespräche für uns etwas fast Unseriöses haben.

Mein Gewissen versagt unter Alkoholeinwirkung, ich nehme an, es verhält sich hierin wie die Gewissen anderer Leute. Es kann allerdings sein, daß ich meinem Gewissen öfter Gelegenheit zu dieser Art Schweigen gebe, vor allem einmal pro Jahr vierzehn Tage lang in Bunz. Wer vermutet, jene alkoholisierte Gewissenlosigkeit wäre meinen Interessen bei Nüchternheit nützlich, irrt, denn das Gegenteil trifft zu, wenigstens meistens. So war in Helau am Hang zu viel Rotwein dafür verantwortlich, daß tägliche Sitzungen zum Porträtieren zwischen Wurff und mir vereinbart wurden. Ich versprach vor der Tür meines Hotels, des «Bunzer Hofs», am nächsten Tag so früh wie möglich zu erscheinen, je früher, desto bessere Lichtverhältnisse, gewiß, das sähe ich ein, außerdem freue ich mich ja auch darauf, einem Künstler gefällig zu sein, und die Aussicht auf lange Aufenthalte in seinem stimulierenden Atelier entzücke mich bereits — es fällt mir wahrhaftig schwer, dies heute zu rekapitulieren, heute, mit dem Gedanken an morgen!

Während der diesjährigen vierzehn Tage war's also nichts mit meiner Unabhängigkeit. Obgleich das Haus meiner verstorbenen Verwandten und die Mieter diesmal überhaupt keinen Anlaß gaben, ihnen meine Zeit zu opfern, habe ich niemals frei gehabt. Wie verabredet war ich jeden Tag in Helau am Hang, Hangweg 17.

Sonniges meerharzfarbenes Herbstwetter, Messing- und Kupferlaub, die Nachmittage versanken in mildem Dunst. Meist blieb ich bis übers Abendessen. Wurffs Eltern faßten mich sofort als Familienmitglied auf. Durch Einsilbigkeit war der Vater mir angenehm, obschon Berufssoldat in Ruhe. Die Mutter, freundlich und verfettet und kreisstadtbekannte Wohltätigkeitsanführerin in seltsam schlappenden Trägerröcken über weiten Blusen, gewissermaßen in Reformhauskleidung, redete zugleich sanft und weinerlich auf mich ein: in der Küche, wo ich gemeinsam mit ihr Reformkostabendessen richtete. Von nichts und niemand anderem als von Wulff handelte ihr eindringlich jammernder Singsang. Sie nannte ihn allerdings Ernst-Eberhard. Bereits am dritten Abend gab sie zu verstehen, sie freue sich, daß er endlich gesonnen sei, mit Hilfe einer Frau die heikle Künstlerexistenz abzurunden. Ich fragte: «Hat er vor zu heiraten?» Nun kam sie wahrhaftig nah an mich heran, unterließ es auch nicht, mit ihrer wohltätigkeitsgeübten Hand, die außerdem heiß war, mein Gesicht in der Schläfengegend zu berühren: in streichelnder Absicht. Dazu wurde gelächelt, mütterlich, ich kann es nicht anders nennen. Gewiß gewiß habe er vor zu heiraten, sie kenne doch ihren Sohn, ich könne ganz ruhig sein.

Trotz der rauhen Verpanzerung, die er zur Schau trage, sei er ihr zugänglich wie ein aufgeschlagenes Buch. «Einer Mutter gegenüber gibt es keine Verstellung, wissen Sie das nicht, mein Kind?» Nun bin ich erstens kein Kind mehr, zweitens war ich nicht ihrer Meinung, wollte also beides zurückweisen. Ich konnte es aber nicht. Ich fürchte, sie hat mich im Verlauf jener Unterhaltung schon ein paarmal geduzt, scheinbar unabsichtlich. Mit dem gichtkranken Vater bin ich heute noch per Sie, und ich achte ihn dafür, trotz gewisser Markigkeiten und einer Art Kleidung, die, entweder mit Hose, Rock oder Hemd, noch immer an seine ehemalige Uniform erinnert.

Hat Wurff je sein Heiratsgelüst als Frage formuliert? Mir fällt nichts Derartiges mehr ein. Er muß es aber doch wohl getan haben, irgendwann beim Rotwein, der bei gleichbleibend schlechter Qualität Abend für Abend bewirkt hat, daß ich mir uneinnehmbar vorkam. Plötzlich merkte ich: wir waren mitten in Hochzeitsvorbereitungen. Wurff redete über unsere Ehe. Seine Zukunftspläne beschäftigten mich längst zwischen Küche und Atelier mit Wurffs Lieblingsspeisen, dringenden Ausbesserungsarbeiten an Unterwäsche und Anzügen und mit Porträtsitzungen, in seiner Vorstellung ließen wir bereits die Hochzeitsreise sein und stattdessen den Rubel rollen für ein Heizgerät, farblich passend ins Schlafzimmer, mit dessen Einzelbett Wurff auch in meiner Gesellschaft auszukommen gedachte, vorläufig wenigstens, denn: auf die verliebte Tour würden wir darin die Kurve kratzen — er durfte sich mal so ausdrücken.

Jetzt endlich, wenn nicht viel früher, hätte ich einschreiten müssen. Doch während sämtliche Projekte mich immer tiefer beunruhigten und Wurff mir zuerst langweilig, dann lästig und endlich beinah widerwärtig war, lächelte ich vielversprechend zu engem Bett, blickte hausfraulich bei der Erwähnung zerwetzter Kleidungsstücke und behütete meine Hände nicht, die Wurff mit Küssen, an denen ihm nichts lag, warm aber mehr pflichtschuldig versorgte. Dies überhaupt war ein Eindruck, der mich bei allem Unbehagen noch beschwichtigte: auf Zärtlich-

keiten war er nicht aus, und alle dem widersprechenden Anspielungen waren nur Getue mir zuliebe. Auf den Lebenspart-
ner kam's ihm an, und er gebrauchte hier leider das Wort «Ka-
meradschaft».

Sein Pferdegesicht schien mir beim Abschied voller. Vielleicht
wegen der zehn Abende, die wir miteinander verbracht hatten.
Bevor der Zug abginge, wollte ich es ihm sagen, als Witz ka-
schiert. Als hätte ich von vornherein daran gedacht, ihm mit
einem so grandiosen Bluff Spaß zu machen. Daß dies unmöglich war, wußte ich, während ich es plante. Ich übte die Sätze
ein, die ich zu gleicher Zeit verwarf, malte mir die Szene aus,
an die ich keinen Augenblick glaubte. Der Zug nahm mich ihm
weg als Braut, ich winkte bräutlich und entschied mich dafür,
die Ungeheuerlichkeit meiner Mitteilung mittels Briefzustel-
lung abzuschwächen; mit andern Worten: mündlich wollte ich
es nicht eingestehen. Heute frage ich mich: warum blieb dieser
Vorsatz unausgeführt? Warum schrieb ich nicht sofort? Es ist
wahr, daß ich durch Herberts Grippe, die ihn ans Haus fesselte,
zunächst keine Gelegenheit fand, ungestört einen derart schwierigen, auch langen Brief zu schreiben. Doch seit vierzehn Tagen ist dies Hindernis behoben. Grund für mein Versäumnis ist
einfach wieder jener Leichtsinn, der mich überhaupt in meine
Lage gebracht hat. Ich hatte nichts mehr von Wurff gehört, so
vergaß ich ihn bald, bald verschob ich Gedanken an ihn auf später. Und dann gestern der Anruf, samt Androhung des Besuchs
und des Hochzeitstermins! Wurff gab den Hörer, nachdem er
mit mir fertig war, an seine umstehenden Eltern weiter, und so
hörte ich zuerst die Mutter mit freundlicher Larmoyanz mich
beglückwünschen, dann den Vater, dessen angenehmer Einsilbigkeit ein Hustenanfall zu Hilfe kam; doch auch er hatte
immerhin Zeit gefunden, mich mit einer Gratulation zu überraschen. Am Schluß nochmals Wurff mit einem seiner bär-
beißigen Gelächter und etwas in der Art von «So, nun hast du
mich.» Trotz meiner Nervosität, ich war ja nicht allein zu Haus,
habe ich mich wohl recht herzlich bedankt. Wurff hat dann noch

einmal die Wohnungsfrage angeschnitten, gemeinsames Badezimmer und Küchenbenutzung, es mache mir doch nichts aus, aber — und nun wieder die Stimme der Mutter: das sogenannte Rauchzimmerchen stelle sie uns zur Verfügung. Ich habe das bereits erwähnt. Es wird Zeit, höchste Zeit, daß ich mich auf morgen vorbereite. Retrospektiven sind sinnlose Kraftvergeudung.

Ob ich es Herbert jetzt schon sage, ob ich das wagen soll, um mir möglicherweise seinen Beistand einzuhandeln? Ich glaube nicht, daß er es überhaupt erfahren darf. Soeben betritt er die Wohnung, ich höre ihn mit Schlüsseln, unverkennbarem Schritt und dem Schlager von heute morgen. Diese Rückkehrgeräusche sind mir vertraut seit sieben Jahren. Gleich wird die Tür aufgehen und Herbert mit unzufriedenem Gehabe einlassen: weil ich nicht zum Empfang auf dem Flur erschien. Ich werde sagen können: das liegt an meinen ganz entsetzlichen Sorgen, die ich dir nun mitteilen will, hör mir zu.

Es kam aber alles anders und ohne mein Zutun. Zwölfter Oktober. Der Zeitpunkt, zu dem Wurffs Besuch stattfinden sollte, ist um. Soeben erfuhr ich von Edwin Strecker, dem gemeinsamen Bekannten, Wurff habe hier in der Stadt, bei ihm, übernachtet. Ich hütete mich davor, Fragen zu stellen. Ob etwa von mir, von Herbert, die Rede gewesen sei innerhalb ihrer freundschaftlichen Unterhaltungen. Ich will das gar nicht herausfinden. Scherereien hatte ich genug, wenn auch nur ausgemalte. Ich bin jetzt ruhig, einigermaßen. Es ist gut möglich, daß es ein Unfall war, und niemand ist anderer Meinung, von Edwin Strecker bis zu Zeugen und Polizei. Der Autofahrer, das gebe ich allerdings zu, ist noch unschuldiger als ich, die immerhin, ob nun Strecker ahnungslos meinen Familienstand erwähnt hat oder nicht, in Wurffs Gedanken, so oder so, eine Rolle gespielt haben mag. Ich meine, er wird sich wohl mit mir beschäftigt haben, als er ins Auto lief, und ich gehe noch weiter und sage: mit meiner Hochzeit wird er sich beschäftigt haben, entweder mit der, die er mit mir zu feiern hoffte, oder mit der anderen, die sieben Jahre zurückliegt und der Anfang meiner siebenjährigen, seither nicht geschiedenen Ehe ist.

Wieder höre ich Herbert an der Tür und heute abend ohne Angst.

Herbert, mein Mann, ruft mir schon aus dem Flur entgegen: «Dieser Wurff hat übrigens heiraten wollen, nur weiß niemand, wer die Braut ist. Wahrscheinlich Wahnsinn, wird jetzt vermutet.» Während ich, zärtlicher als sonst, in eine längere Umarmung einwillige und meine Erleichterung genieße, überfällt mich der Gedanke an die Wurff-Eltern. Seufzend, aber freundlich mache ich mich los und gehe in Richtung Schreibtisch mit den Worten: «Ich will an seine Eltern schreiben, wenn ich sie auch nicht kenne. Es wird sie freuen, Wurff war so ein Einzelgänger.» Und dann noch, schon am Schreibtisch: «Wahnsinn, wie schrecklich!» Ich schaudere ein bißchen, ohne Verstellung übrigens. «Du Gutes», sagt Herbert, und sanft schicke ich ihn aus dem Zimmer, um mein schwieriges Beileid allein zu formulieren. Er wird verstehen, daß ich ihm diesen Brief nicht zeige. In der Küche richtet er das Abendessen, eben noch pfeifend, jetzt stumm: vor Rührung. Er mag Frauen mit Gemüt.

Hamster, Hamster!

He du, findest du nicht? Findest du nicht, Sammy? Wie findest du das, Sammy? Ich finde es jedenfalls. Ich finde, ja. Doch. Ich finde wirklich. Es ist das, was übrig bleibt, ja. Und wir haben jetzt Zeit dazu, es ist nett, Erinnerungen, sie sind nett, und wir haben welche, du mit deiner Hilda, Sammy, wir haben nette, Sammy, wie? – Doch. Es ist nett, welche zu haben und dann mit ihnen zu leben. Falls so was für dich nicht zu hoch ist. Mit ihnen leben, ja. Ich meine, seit der Apparat weg ist, vor allem. Ist doch einfach nett, es wieder vorzukramen, uralte Sachen wie unsere Maireise nach Los-dingsda – wie, he Sammy, wie hieß das noch, ich meine das Dorf auf dem Hügelkamm mit unserm Westblick, mit unserm Belgienblick, Sammy, die kleine Kneipe bei der Grenze, erinner dich. Stella Artois. Feiner Name, was. Für Bier, mein ich. – Ich fänd es auch albern, Sammy, genau wie du, richtig albern, wenn wir uns Vorwürfe machten, wirklich Sammy, vor allem nach so vielen Jahren, du – du hast recht. Hast du nicht recht, Sammy, konnten wir's uns nicht auch mal schön machen, war dies nicht unser gutes Recht, frag ich dich. – Tztztztz; so ist's fein, mein Guter, fein! Siehst du, wie er sich abhetzt, Sammy? Ich mag deinen Stumpfsinn, Sammy, wirklich. Tztztz! Lauf! – Es ist doch mal so, daß wir dies kleine Haus haben, um es zu genießen. Nicht wahr. Also bitte. Wir haben es zu diesem Zweck und machen in diesem Sinn Gebrauch davon, nicht um uns was aufzuhalsen, gewiß nicht, es ist doch auch nicht geräumig genug, ich meine, für einen Dritten, und Betti Beckmann hat immer gesagt: bloß keinen Dritten ins Haus, Hilda, merk dir das, und schon gar keinen von der Verwandtschaft – ich sag dir: das hat mir Eindruck gemacht, wir hatten damals ja noch kein eignes Dach überm

Kopf, und herrje hab ich Betti Beckmann beneidet um ihre hübsche Wohnung! Du hast sie nie so hübsch gefunden wie ich, du hast sie nie so richtig beneidet, Sammy. Ich aber. Ich schon. Ich hör sie noch sagen: Wenn ihr je zwischen euren eigenen vier Wänden sitzt, haltet euch die Verwandtschaft vom Leibe, ich rat's euch. Und schließlich: wir haben zwanzig Jahre lang auf eigene Nachkommen verzichtet, stimmt's? Weil wir allein sein wollten, schließlich — Oh Sammy! Oh laß es uns wenigstens versuchen! Sammy! Hörst du mich, Sam! Hörst du mich mit meiner Stimme von früher! Dies ist mein Gebettel von früher, ich erinner mich noch dran. Laß es uns rückgängig machen, bitte! Laß uns das Erkerzimmer opfern, es ist zu laut, sowieso, man kann nie drin sitzen, nie, wirklich, findest du nicht? Laß es uns probieren, er stört doch kaum, er hat doch ein ganz nettes Wesen. Na ja. Schwierig, ja, das ist er, das war Bruder Steffen — ich verleugne's nicht, wir sind's alle gewesen in unserer Familie, alle, immer, und es ist kein Tadel. Komplizierte Leute sind eben schwierig. Einfach nicht das Übliche. Keine Sammies — In unserer Familie nicht, oh nein, kein Sammy weit und breit, kein Schlachtroß wie Sammy. Je oh je.

Henry-Schatz! Tztztz! Lauf lauf, kleiner Henry! Ja! Ja! Oder irgendein Regen, wenn ich irgendeinen uralten Regen wieder rauskrame, Regenspaziergänge oder so, oder meine Affäre mit Mills, oder irgendso ein uraltes Gealber mit Schwester Rosie — zum Beispiel in den Damen-WCs vom Hotel Seelust, Sammy, wir waren dreizehn und elf und kamen kaum an den Strand damals bloß wegen dieser uralten Sache mit dem Fensterchen vom einen WC ins andere — ihh. Ich will jetzt gar nicht davon reden, wie wir's gemacht haben. Erinnerungen, oh ja. Wenn man welche hat. Wenn man drauf aufpaßt, daß nicht so ein Sammy-Stumpfsinn alles zuschüttet. He Sammy, ich merk's doch ganz genau, daß du nicht liest. Du starrst sie schon eine halbe Stunde an, diese Seite, und es sind bloß die Annoncen. Wie du willst. Wenn ich meinen Hamster nicht hätte, herrje. Tztztztztz! Süßer! Goldjunge! He Sammy, sieh ihn dir doch an! Wie er sein Mühlrad dreht und dreht. Und wie leise er ist. Du kannst sagen was du willst, aber mir kommt's immer so vor, als hielte er uns am Leben mit seiner Lauferei im Rad — findest du nicht, Sammy? Mit seinem Gerassel im Rad. Samt-Schatz!

Du, ich vergesse nie, den Blick aus dem Fenster vom Nord-zimmer meines Elternhauses, wir nannten es das Schrankzim-mer, die Blicke, genauer gesagt; nachmittags, wenn ich sie zum Spaziergang fortschickte, meine Eltern, Sammy, erinner dich. Da gehen sie, Sammy wirklich, für mich gehen sie da immer noch, wenn ich das wieder rauskrame, wenn ich dies freibuddle, Sammy, diese Nachmittage, windige oder warme oder was für welche und meine Eltern immer wieder auf der Esplanade, die Esplanade runter Richtung Hertzstraße — oh, es war eine gute Gegend, wo mein Elternhaus stand, jawohl, das meine, ich rede jetzt nicht von dem Viertel aus dem du kommst, Sammy, wozu auch, es macht ja nichts, es kommt nicht darauf an, woher einer stammt, ich finde wenigstens. Wenn auch — nun ich denke, so einfach ist es nicht immer und in manchem Fall hat Herkunft schon so einigen Einfluß gehabt, sie hat schon so einiges ent-schieden, ich meine: ausgemacht — wie und wo ein Kind auf-wächst, ich finde doch, daß dies eine Rolle spielt, bisweilen schon, doch Sammy. Meine Eltern von hinten, längs zugiger, kiesiger Esplanade, von den spielenden Kindern behelligt, ohne daß sie's wahrhatten, Kindernarren warn sie, Sammy, immer gewesen, versessen auf Kinder, und auch bei uns beiden, Sam-my, auch bei uns haben sie gewartet und gewartet, daß wir — ich hatte wenigstens den Eindruck. Sie hätten gern Enkel ge-habt, wenn schon. Ich sehe sie dort, weggeschickt von mir zu Spaziergängen, die ich ihnen aufzwang: Denk an dein Herz, Papi; du sollst dich bewegen, Mammchen. Wirklich, auch bei Regen. Warum auch nicht, man muß mal allein sein, man braucht das Haus mal für sich, jung verheiratet wie wir waren und dann älter wurden mitsamt unserer Ehe, ja. Der Juni und der gesamte Juli mit meinem Neid auf Schwester Rosie. Neunzehnhundertwasweißich. Heiße schlimme Tage, an denen ich neidisch war, auch nachts, immer wenn mir's einfiel. Ja. Das ist mein Charakter, kein sehr guter, aber normal. Sammy! Was fällt dir wohl wieder ein, wenn ich sag: unsere Abende von früher. Hm? Tja. Ich stand also am Schrankzimmerfenster und sah den Eltern nach und du wühltest dich schon durch den Keller und kamst dann rauf mit Eingemachtem und Wein und Bier und all dem herrlichen Zeug für unsere Abende, für unsere spärlichen abgewetzten einförmigen herrlichen Abende, oh Sammy, war's nicht herrlich, beim Bier oder was sonst, und wir zwei in Stimmung und in Fahrt, und die Kartenspiele, wie lang haben wir nicht mehr «Hallo Joker» gespielt oder Städteraten oder uns Silbenrätsel gemacht, alles schlief im Haus, es war so still als wär's leer – nein. Nebenan Bruder Steffen, der sich langweilte und Wildtaubenkanons nachmachte und zu uns rüber wollte – Sammy! Hörst du mich! Bohr nicht im Ohr, ich mag's nicht. Zu dir ist man immer zu freundlich. Wie oft hab ich das gedacht in all den Jahren, mit all dem verflossenen Zauber, oh ja. Wie oft stand ich da, nach unseren schäbigen Schlachten, auf meinem öden, ausgebrannten Schlachtfeld, stand da mit hängendem Kopf und hängenden Schultern und hängenden Armen, wirklich alles hing an mir runter und ich konnt mich nicht aufrichten, nicht mehr, nicht um alles in der Welt und stand so da und hab mir gesagt: zu ihm ist man immer zu freundlich, immer noch. Hilda, nimm dich in acht, Hilda, paß auf, nimm dich zusammen, Hilda, Hildchen. Zu dir ist man immer zu freundlich. Sammy. Man verstand sich, man trank sich in Stimmung und kam in Fahrt, man spielte und ich sang, ich sang ja gern, doch wirklich, die Daisy-Lieder, auch Kirchenlieder, oder Arien, aber ohne Text, also warn wir glücklich – das ist nicht wahr. Ich meine: ich weiß nicht. Entweder warn wir's, und was soll es dann jetzt sein? Dies jetzt, mit Erinnerungen, dies Leere? Dicke Hamsterbacken voll damit. Mit Erinnerungen. Was wären wir jetzt. Sammy? Sammy! Ich mach mir Vorwürfe, Sammy! – Also gut, schweig dich aus. Ich mach weiter, jemand muß das alles in Gang halten. Und wir warn in Fahrt und dann ein Wort, irgendwas, etwas von mir oder von dir, Sammy, und dann war was anders, war was eingerissen, war nun los und kam zum Vorschein und war nicht mehr so, es war nicht mehr so. Und ich sagte mir: zu ihm ist man immer zu freundlich, zu Sammy. Sammy! Warum haben wir uns so oft gezankt, wir zwei — nun ja. Halt den Mund, wenn du Lust hast. Ich buddle mich da raus, allerdings, ich — ich will damit leben, ja. Waldspaziergänge, jahrzehntealt. Durch kahles Geäst erkenne ich überall in diesem dürren Wald von früher meine Eltern, jetzt noch, und wie von jeher. War ja immer beides, was wir auch anfingen, Sam, Trübsal und Vergnügen, diese zwei, immer. Da tapp ich immer noch, immer noch, unsere Wege schnitten ihre, wohin wir auch gingen, oder folgten ihrer Spur, kam aufs gleiche raus. Hier seh ich sie, hier gehen sie und sie hatten auch das, was sie «ihre Bank» und «ihre Lichtung» nannten. Stammplätze, auf denen ich sie finde. Stammwege, auf denen sie gehen, mit ihren kräftigen kurzen Schritten, weißt du noch, Sammy was für kleine Schritte, die ganz kurzen Schritte meiner Eltern, es sah wie ein Getrippel aus, es sah aus wie bei Vögeln, und man fragte sich wie beim Getrippel von Vögeln, warum sie sich's nicht leichter machten und sich aufschwangen, Sammy, warum sie sich nicht zum Fliegen emporhoben, denn es sah so aus, ja.

Tztztztz — tacktacktack, Goldjunge, Goldhamster! Oh Sammy, wie er sich abrackert, um das hier in Gang zu halten. Er läuft jetzt schon länger als eine Stunde, und das hier geht weiter. Es geht weiter, Sammy. Ich sagte mir jedesmal, wenn ich die Eltern längs Esplanade in Richtung Wald gehen sah: jetzt leben sie noch. Jetzt leben sie noch. Ich habe jeden Tag an ihren Tod gedacht, Sammy. Ich brauch's mir nicht vorzuwerfen. Oh, das waren Zeiten, damals bei uns zu Haus. Sie haben uns lang ernährt dort, während du schon ganz nett verdientest. Alles dem Nachkömmling zuliebe, Bruder Steffen. Hörst du, hörst du dies Gebettel? Ich finde doch, wir könnten ihn einladen, Sam-

my, sie wollen's so gern, es wär so gut für ihn, wir sind die
einzigen Verwandten, die im Alter zu ihm passen, wer will
schon im Erkerzimmer sitzen, es ist viel zu laut, jetzt, zu laut
geworden, früher ging's noch, man konnt vor drei Jahren noch
gut da sitzen und wir haben's getan, womit auch dieser Vorwurf entfiele, vor drei Jahren, als Bruder Steffen noch lebte und
wir ihn hätten einladen sollen, ich meine: können. Denn da
brauchten wir schließlich und endlich das Erkerzimmer selber
noch, stimmt's, Sammy? Findest du nicht? Oh ich weiß, du
findest es, denn du warst dagegen, du hast gesagt: dazu haben
wir nicht geheiratet, Hilda, so hast du gesagt, wir haben nicht
zu dem Zweck geheiratet, daß wir einen von der Verwandtschaft
mitdurchfüttern — nein nein, es war nicht so gemeint, versteh
mich nicht falsch, Sammy, und ich gab dir recht, nichts war
uns wichtiger als unsere Freiheit. Und immerhin, damals tranken wir noch Tee mit ihnen, bitte sehr. Und besuchten sie,
wochenlang, wodurch wir ja wieder wochenlang — ich meine:
Zeit vergeudeten, wir zwei. Wir liebten uns doch, etwa nicht?
Herrje, liebten wir uns! War das nett, oh je. Nett war's, wirklich,
sehr nett, äußerst nett. Herbst, wiedermal Herbst, als wär immer und ewig Herbst, wenn ich jemand nett finde, wenn mir
jemand nachstellt und ich jemand nachstelle — ich glaube:
Oktober. Zwei Oktober hintereinander. Im zweiten Oktober
hatte er zugenommen, meine Herbstliebe Mills, Speck angesetzt, oder es kam mir so vor, es kam mir komisch vor, ich
meine, daß er demnach gegessen hatte und zugenommen hatte,
ich meine, daß es einem geschmeckt hatte, der seines Lebens
nicht froh war einer Liebe wegen, meinetwegen. Er hat mir
ja geschrieben, wie leid es ihm tat. Es tut mir leid. Es tut mir
sehr leid. Hilda, es tut mir so sehr leid. Es fällt mir so schwer —
und so. Natürlich, das ist albern. Da standen wir uns gegenüber, zwei Überlebende. Es war so nett, daß wir uns wieder
getroffen hatten, daß wir's wieder hatten arrangieren können —
wir zwei Überlebende vom letzten Oktober, er und ich, und
wir waren wieder albern, und mein ewig verdorbener Magen

lenkte mich ab, und er hatte zugenommen, warum auch nicht. Jaja, es war schon nett, das schon. Es regt mich nicht mehr auf. Es hat mich damals sehr aufgeregt. Mehr als das mit Bruder Steffen. Ist es nicht ein gutes Zeichen, Sammy? Ich meine, daß es mich heute kalt läßt, die ganze Affäre mit — was sag ich da, dir, ausgerechnet dir. Mach dir darüber bloß keine falschen Vorstellungen. Das war's nicht, was du denkst, nie gewesen. Es war nie was Richtiges zwischen Mills und mir. Der mit seinen vorstehenden Zähnen. Mit seinen etwas vorstehenden Zähnen. Nie, nie was du denkst, nie was du dachtest, Sammy, aber dir reichte ja *das* schon, das, was nichts war, nur ein Anfang, nur ein Eigensinn, bloß ein paar zusammengekehrte Wünsche, keine besonderen, nichts, aber es hat dir schon gereicht und war dir zu viel. *Du* hast's mir nie geben wollen, Nettigkeit, bißchen nett sein, nie, Sam, und daher ist's deine Schuld, daß ich — daß Mills und ich — Denn wann wärst *du* wohl nett zu mir gewesen, ich meine: sanft, oder so —

Tztztztz! Hamster-Schatz, Hamster! Lauf lauf, halt es in Gang, du machst uns warm, Golden-Boy! Sag selber, Sammy, ist er nicht herrlich, Hamster Henry? Weißt du, er denkt wohl, eines Tages werd ich doch noch nach Haus kommen, nach Haus in die scheckige gelbe Steppe oder was weiß ich wohin, Nordamerika oder was, er meint, die Lauferei bringt ihn doch noch mal hin zu seinen ganzen Ahnen — lauf, Schatz! Du wärmst uns unser Häuschen, unser liebes Häuschen, für das wir gespart haben, heimlich gespart vierzehn Jahr! Gehamstert für unser liebes nettes Häuschen, Hamster Henry, wir verstehn uns auf dein Geschäft. Dicke Backentaschen voll Erspartem, vierzehn Jahre bei den Eltern, oh Sammy! Aber sie fanden es ganz richtig und überhaupt schön wegen Bruder Steffen, er war ja ein Nachkömmling, so waren sie dafür, wegen des Altersunterschieds zu sämtlichen Tanten und so. Er hatte ja jemand, so waren wenigstens wir im Haus, denk an die netten Fernsehabende, wir waren uns immer einig, immer. Oh Sammy, es war doch schön, war's das nicht, ich meine, manchmal. Manchmal denk ich:

alles war schön. Ich hab's doch genossen, und nie gemerkt. Du wirst platt hinfallen vor Staunen wenn ich dir nun auch noch gesteh, daß ich mich sogar zurücksehne nach den Tagen, wo mir's nicht wohl war, du weißt ja, wie schwer ich's immer hatte. Bestimmt. Tztztz! Mesocricetus, du alter — du. Renn du nur, renn du ruhig. Und jetzt? Hier sitz ich, und im Grunde nimmt niemand Notiz von mir, und wenn ich rede und rede, ist das genau so, wie wenn Henry-Schatz rennt und rennt, es geht so weiter, ohne uns, aber wir sind noch da.

«Als Liebe mich noch plagte / Als Herzleid mich beschwert» — Als sie noch hinter mir her waren, mir nachstellten. Immer hatte ich mehr zu leiden, mehr als andere, von Anfang an, was du auch nimmst. «Hättest du Kinder», ja, auf die Tour hat sie's auch versucht, meine Mutter. Deine Schwiegermutter, Sam! Wie sie immer mit den alten Babysachen rumfuhrwerkte, mit dem zerwetzten Zeug von Schwester Rosie und mir und von Bruder Steffen, um uns dran zu erinnern, was ihrer Meinung nach unsere Pflicht war und gut für meine Gesundheit. Ja, Sammy. Find ich auch, hab ich immer gefunden, wir hamm immer gefunden, man kann nicht bloß um seinen Eltern Spaß zu machen Kinder haben — hach, das dicke Kind, du, der dicke kleine Lewis, wie der kochte auf meinem Schoß, herrje! Weißt du noch, Kusine Gretas dicker Lewis. Na schön. — Du Sammy, ich sehn mich richtig danach zurück, schwach sein von all den Aspros und anderm Zeug und dann Pausen im Schmerz, wie ich's früher hatte. Du, das hast du nie sonst. Meine Mutter mit ihrem alten Windelkram. Und daß sie nie lernen konnte, die Küchentür zuzuhalten, was fürn Ärger, oh Sammy! Und immer die Backerei. Es kommt mir wirklich und wahrhaftig so vor, als wär jetzt hier in unserm stickigen kleinen ledrigen Kaminzimmer wieder der Geruch aus unserer Küche zuhaus, nach dem Zeug, das mit zu viel Zucker im Backofen anschwillt, jetzt jetzt Sam, seit der Apparat weg ist besonders, Zimtlocken, auf die du scharf warst, Buttersterne, Ringelanis, das Teezeug, das meine Mutter nicht backen würde, wenn sie nicht fände, daß alles in Ordnung ist – oh Sammy, es ist vorbei und liegt hinter uns, und Bruder Steffen ist tot. Sammy, und meine Eltern haben ihn demütig und eine Weile, sozusagen um einen Höflichkeitsabstand, überlebt, lange genug um zu trauern, aber nicht aufsässig, nie. Und ohne Vorwurf für uns, verzeih Sammy, für mich, *du* konntest nichts dazu, wirklich. Du hast dich in der ganzen Sache ruhig verhalten. Es ist vorbei, ja, es passiert nichts mehr, ich wüßte nicht mit wem, aus und vorbei, während nach wie vor dies Teezeug etwas anbrennt, immer kurz bevor meine Mutter, sag mir ruhig sie ist tot, meine Mutter, kurz bevor sie sich mit ihren bestürzten, immer wieder fassungslosen Ausrufen über die Bleche beugt – ich finde wenigstens.

Interessant, das Zeug, was du liest? – Und ich finde auch, daß mein Vater immer noch an seinen Bittschriften rumverbessert, Bruder Steffen betreffend. Weißt du, meine Eltern sagten immer: *ein* Sorgenkind muß man haben. Es gelang ja nichts mit ihm von Anfang an. Aber sie sagten: das muß so sein, es ist in Ordnung. Der Herr will nicht, daß wir es leicht haben, wir Menschen. Tut Buße, das Himmelreich ist nahe. Mit Rosie und Hilda ging alles glatt, nun haben wir Steffen, um Buße zu tun. Da gehn sie, Esplanade runter, zwischen Steinwürfen der Kinder, zu denen sie nett sind, mein Vater beugt sich und streichelt einen roten Haarschopf, während er Bälle ins Kreuz kriegt, mit ihrem bunten Halstuch trocknet meine Mutter die Tränen dieses garstigen Mädchens, das auch jetzt wieder nach ihr tritt – hier gehn sie bei jedem Wetter, weil es gesund ist, weil ich dafür bin, man muß auch mal allein sein in einem Haus, wenn man verheiratet ist, und wir hatten damals noch kein eigenes, vierzehn Jahre lang, ich seh ihre kräftigen kurzen Vogelschritte, noch am Leben. Interessant, Sammy? Wer ist gestorben? Oh, du brauchst es mir nicht zu sagen, ich finde auch, man soll nicht so viel über Trauriges reden. Tztztz! Fleißiger Junge! Daß er nicht schwitzt, Sammy, was meinst du. Er fühlt sich immer so kühl an. Ob ich ihn mal rausnehme, was meinst du. Lieber nicht, ich denke, er will lieber weiterversuchen, nach Haus zu rennen und dies hier in Gang zu halten. Er hält gern was durch, der. Tz! Und wie sauber seine rosigen Händchen bleiben. Eigentlich erinnert er mich wirklich an meinen Vater, ich meine: seine Emsigkeit. Was schrieb er so gern Gesuche! Er sah vergnügt dabei aus, doch, trotz der Sorge um Bruder Steffen. Vergnügt wie immer, wenn etwas ihn beschäftigt, wobei er an seinem Schreibtisch bleiben kann. So tun, als würde er was verändern, was bewirken. Über zahllose engbeschriebene Zettel gebeugt, Entwürfe, Entwürfe! Seine hellblauen altmodischen Zeilen, dies demütige Schriftbild, diese Demut rings um ihn, und sein erhitzter Kopf, zum Nachdenken schräg gehoben, hier hab ich ihn wieder, rausgemümmelt aus meiner Hamsterbacke, seine schuppige Stirn, immer juckend — alles an ihm chronisch und unveränderlich wie die Wochen und Monate und Jahre zu Haus, vierzehn Jahre, zerstückelt von Mahlzeiten und kleinen triftigen Zankereien — und immer hätten wir besser sein können, immer hätten wir was besser machen könen, jeweils. Sammy! So sitzt man nicht. Ich kann's nicht ausstehen. Einen feinen Mann erkennst du daran, daß er auch in seinen eigenen vier Wänden fein ist. — Jetzt sitz ich hier, in meinen eigenen vier Wänden, ein Wrack in diesem Zimmer, mein Schiff ist hin, und im Grunde sind dies alles Trümmer, Schrank und Kamin, Sack und Pack, die zwei Ledersessel, alles Trümmer, und es ist gespenstisch, daß sie unversehrt aussehen.

Singen mag ich immer wieder gern. «Jerusalem, du hochgebaute Stadt / Wollt Gott ich wär in dir! / Mein sehnlich Herz so groß Verlangen hat / Und ist nicht mehr bei mir.» Nett, nicht? Ich mag's. «Weit über Berg und Taaaale, weit über blaches Feld / Schwingt es sich über aaaaalllle / Und eilt aus dieser Welt.» Ja. Ich mag's. Die Erinnerung an Waldwege. Die vierzehn Tage mit Waldwegen. Mills Arm um mich und Herbst, wiedermal Herbst, wie eh und je wenn ich auf was scharf war. Blaches Feld. Mills vorstehende Schneidezähne, auch er war ein Hamster mit diesen Zähnen, mit diesem Belgienblick, Stella

Artois bei Regenwetter, die schmutzigen Fensterscheiben des Grenzkneipchens von Los-sowieso. Oh Sammy, hörst du, ich rede von uns, von dir und mir, Sammy, wenn auch unter Decknamen, unter dem Namen Mills zum Beispiel, Mills und ich im zweiten Jahr: zwei Überlebende, sogar mit vergrößertem Gewicht. Wen dies erstaunt, der verlangt zu viel von Liebenden. Finde ich wenigstens. Sammy, ich frag dich nicht um deine Meinung, diesmal nicht. Mit dir bin ich lieber im Wald gewesen, ob du's glaubst oder nicht, lieber mit dir, meinem rechtmäßig angetrauten Mann, Sammy, oh Sammy, mit dir viel lieber, hast du das gewußt, viel lieber. Ich kann die Melodie nicht mehr richtig, ungefähr so: «Im Stande da dein Segen ist / Im Stande heilger Ehe» – viel lieber als mit Mills, weil ich mich nicht gern aufrege. Ich meine, ich mag es schon, das Legitime, doch. Im Grunde, Sammy, im Grunde bin ich ein Mensch des Gesetzes. Ordnung, du weißt ja, ich brauche sie. Ordnung muß sein, du weißt ja, wie ich hier im Haus bin, hab dich manchmal damit geplagt. Alles muß an seinem Platz sein, das ist mal so, ich denke es wohnt mir inne, falls du so was verstehst. Bei dir ist das was anderes. «Propheten groß und Patriarchen hoch» diese Stelle hatte ich immer so gern, Sammy. «Prooopheeeten grooooß und Patriarchen hoch». Ach je. Es befreit mich, ich weiß auch nicht. Oder erheben, es erhebt mich wohl. Ich hatte mal eine gute Stimme, wenn du dich auch nic dafür interessiert hast. Als ich auf die Welt kam, sagte die Hebamme zu meiner Mutter: die kleine Schönheit, sie wird Sängerin. Wörtlich, Sammy, dies wörtlich. Irgendwie muß meine Stimme wohl so geklungen haben, diese Leute haben ja Erfahrung, hören in der Woche zwanzig, dreißig Kinder schreien, ihren ersten Schrei – daß man mit einem Schrei anfängt, Sammy. Mit einem Schrei hat Bruder Steffens Leben geendet, wenn auch nicht aus seiner eigenen Kehle. Mit dem Schrei meiner Mutter. Sam, deine Schwiegermutter hat geschrieen, als sie deinen Schwager Steffen fand, sie kommt harmlos und mit ihrem ewigen Ischias die Treppe rauf, den Bauch, diesen vom unkundigen Kinderkriegen vorgewölbten Bauch gegen den Waschkorb, und macht die Speichertür auf und geht rein auf den Speicher, um den Schornstein rum und dann sieht sie ihn, wie er hängt, wie er vielleicht baumelt und blau ist und nicht mehr zu erkennen, Bruder Steffen, Sorgensohn Steffen, er hat nie was davon gehalten, mit beiden Beinen auf dem Boden zu stehen, er hat als kleines Kind schon immer gesagt: Fliegen, Fliegen! Es war eins seiner ersten Worte. Die ganze Verwandschaft riß sich drum, ihn zu führen, das war so: wir griffen ihn unter der Achsel und hielten ihn einen Zentimeter überm Boden und seine dicken runden Beine, diese rilligen Engerlinge mit ihrem bekleckerten Fleisch, zappelten Schritte nachahmend und wollten weiter weg vom Boden. Später hat er immer Rabe gespielt, oder Milan. Versager, verdammter. Ach ja, Sammy. Erinnerungen. Manchmal mein ich, es wäre besser, so zu sein wie du, den Kopf leer und stumpfsinnig, die Backentaschen leer.

Ist das eine schwierige Woche ohne den Apparat, herrje. Ich meine bloß! Ich käme blendend aus ohne die Fernseherei, wenn man mit dir *reden* könnte. Aber so – oh nein, ich möcht nicht mit dir tauschen. Ich bin froh und dankbar für den Grips, den ich hab. Für meine Gefühle, ja. – Hamster-Schatz, ja! Laugt ihn die Rennerei nicht doch aus, du Sammy, ich hab den Eindruck, er war am Anfang etwas rundlicher, oder? Ich weiß, du findest mich geschwätzig, ich weiß, Sammy. Aber ich weiß nicht, was ohne mein Gerede mit uns wäre, hörst du mich, ohne meinen Gesang um alles, ohne meine Worte über uns – was wäre mit uns, Sam, was? Ich glaube nicht, daß wir überhaupt noch lebten ohne meine Stimme, ohne meine Nachreden. Und natürlich ohne Hamster Henry, der das Rad dreht. Tztztz! Fein gelaufen, fein! Wie er sich abhetzt, der liebe Kerl. Im Rennen geb ich ihm eine Eins.

Sammy, was hast du gesagt? Wie bitte? Na gut. Dann eben nicht. Ich könnte mir nicht vorstellen, daß es je zwischen Mills und mir so geworden wäre, so wie jetzt zwischen uns. Es war nett, immer, und unangenehm, wir haben es überlebt, wir haben es gut überlebt, dies da, das was ich meinen Kummer nenne, dies unförmige mißgebürtige Ding, dies Gebilde namens Kummer – Hildas Kummer, oh je. Schickt Hilda weg, denkt an Hildas Kummer, schickt Hilda ans Meer. Wir standen da, Mills und ich, in unserm zweiten Oktober, bahnhofsmäßig, waldmäßig, blaches Feld. «Weit über Berg und Tale, weit über blaches Feld.» Lange Gerade durch kahlen Wald, und ich traf auf Schritt und Tritt Eltern, Sammy, Bruder Steffen, Tanten, die ganze Verwandtschaft, oh Sammy, ja dich auch, und du hattest gedacht, ich würde dich hintergehen, mit Mills. Wald und gutes Gewissen, das ist für mich zweierlei, immer gewesen. Wann hatt ich je im Wald ein gutes Gewissen, egal ob mit dir oder – nie hatte ich ein so gutes Gewissen im Wald oder – egal, ob im Wald oder sonstwo. Schließlich: ich sah sie ja überall. Es sah so nett aus, es sah so leicht und so komisch aus, ihr Gehen, ich meine die Gangart meiner Eltern, wie von Strandläufern oder so. Ja, der Sommer am Meer mit Schwester Rosie, um meinen Kummer zu hüten, mein Geschwür, dies Leid – glaub mir, das war kein Spaß dort, kein Spaß für deine Hilda, und du hast es nie einsehen wollen. Das war unsere Ehekrise, Sammy, die Krise, wirklich. Findest du nicht? Ich finde, es ist nicht übel, eine Krise zu haben. Oh war ich übel dran jenen Sommer, schlecht gelaunt, alles ging schief, das lag nicht an meiner Schwester, Rosie und ich, wir haben uns immer vertragen, wir sind als Kinder schon den Leuten komisch vorgekommen, weil wir so nett waren zueinander, abgesehen von meinen Petzereien, ich petzte sie gern in ihr rundes liebes Gesicht wenn es anschwoll vor Angst. Sie war immer sanft, sie war nett, *nett* – weißt du, Sammy, wenige Leute verstehen es, nett zu sein, ich aber halte viel davon. War das ein Sommer! Zum Beispiel mein Ausschlag auf beiden Fußrücken, Sammy – Junge, ich kann dir sagen. Es war die Hölle nachts im Bett und ich brauchte keinen Mann, keinen Mills, um mir einzuheizen, höllisch heiß, und ich kriegte ja keinen Schuh mehr über meine Füße. Und ich war dreimal beim Badearzt deswegen und immer neue Salben, du weißt ja, und Puder, und dann hab ich mich geniert wegen meiner Füße, du weißt ja, sie riechen etwas, ich kann machen was ich will, das war immer schon so, du weißt ja, auch unmittelbar nach dem Waschen, es ist so, sie riechen einfach. Einmal nachmittags hab ich vor lauter Zorn und Juckreiz einen Hund gequält — bababababa! Keinen Hamster-Schatz, oh nein, keinen lieben scheckigen samtweichen lehmgelben Mesocricetus! Ich mag Hunde nicht, nicht sehr. Das heißt, wenn du einen möchtest? Sammy! Du, ich wär nicht abgeneigt, wirklich. Aber er müßte wohl goldgelb sein, doch. Ich meine, wenn er sich mit Henry vertrüge. — Also schön, stell dir vor: ich sitze an der Rückwand unserer Badehütte, im Schatten, meiner Füße wegen. Gegenüber die Stacheldrahtabgrenzung gegen die Dünen. War ja verboten dort in die Dünen zu gehen. Ich sitze also da, Rosie ist bei der Teebude oder wo, und ich bin traurig, Sammy. Wieder machte mir alles zu schaffen, wirklich, unsere Krise und mein blödes Haar und die Sache mit Mills und natürlich meine Füße und was du von uns dachtest und was nicht der Fall war, bloß daß er nett gewesen ist, mit seiner sehr leisen Stimme nett, das mußt du einsehen, Sammy, wo mir so viel dran liegt, daß Leute nett sind, einfach nett, einfach so. Also da siehst du mich, deine Hilda, Füße in den Sand gebuddelt, aber sie juckten, wo ich sie auch hintat, ich dort im Badeanzug mit meiner damals schon nicht mehr ganz einwandfreien Figur, aber trotzdem, ich meine, ich sah nicht übel aus, frag Rosie. Und jetzt kommt der Hund, den ich quälen werde. Hellbraun wie Henry der Hamster, aber das Fell längst nicht mehr so seidig, bestimmt. Ich weiß nicht, warum ich es nicht — Da schnüffelte er sich längs des Zauns ran, das ist's auch, was ich an Hunden so wenig mag, das Schnüffeln, es ist so schade, immer auf Unrat aus mit ihren Nasen, nicht wahr. Wie säuberlich ist doch Henry, he Henry, lauf lauf heimwärts, lauf in die Steppe und halt uns am Leben! Was für ein weiter Weg für uns alle. — Na ja und dann drückt der Hund seinen Kopf unterm Stacheldrahtzaun durch, weil er was Wichtiges gerochen hat, und als er zu-

rück will, kann er nicht zurück. Und ich sitze da, an der Hütten-
wand, und seh zu, wie der Hund nicht vorwärts und nicht rückwärts kann und eingeklemmt ist, was weiß ich, stundenlang
oder viel kürzer. Ja Sammy deine Hilda, ich leugne's nicht. Und
eigentlich war's nicht Quälen, denn ich hab nichts getan und
bloß was mitangesehen. Ich hab nichts getan. Ich leugne's nicht.

Rosie und ich, wir haben damals ziemlich gebechert, am
Strand und im «Prinz Albert», Stella, der einzige Trost, Stella
Artois, wenn ich das nicht verwechsle. Wirklich, Sammy, der
einzige regelrechte Spaß, den wir beide diesen blöden Sommer
wirklich regelrecht hatten, das war außer Bier In-die-Hose-
machen beim Baden im Meer, wirklich, wie wir's als Kinder
gemacht hatten und bei der Ebbe schöner als bei der Flut, bei
Ebbe hast du mehr davon, und wir haben's uns zuerst nicht
gegenseitig eingestanden, aber wir erkannten's an unsern feier-
lichen Gesichtern und daran, wie wir durchs Wasser schlichen —
jedenfalls: wir haben immer den Ton von früher miteinander
gefunden, wir zwei. Und auch wieder die Sanitätseimer in den
Damen-WCs aufgemacht, du weißt schon — wie findest du das?
Na ja. Das war natürlich früher interessanter. Warum soll ich
so was nicht sagen, Sammy, ich mein, wozu nicht — wie soll ich
das verstehen, bitte? Ach laß nur, laß nur, wenn es das ist, woran dir liegt, den Mund halten und zusehen, wenn andere sich
bloßstellen. Laß ruhig.

«Prooopheeeten grooooß und Partriarchen hoch» — was meinst
du, wann kriegen wir den Apparat wieder? — Oh mein Hamster-
Schatz! Tztztz!

«Meine Mutter erschlagen / Mein Vater ohn Zahn / Mein
Bruder ein Rabe oder roter Milan.» — Hallo, Henry! — Ischias
erschlug sie wie ein Blitz, ja. Sie lag im Bett und konnte wie der
Hund nicht vorwärts und nicht rückwärts. Derzeit fehlten
meinem Vater fast alle Zähne, aber das brachte die Ärzte immer noch nicht drauf, was eigentlich mit ihm los war, denn es
hielt an, es ging weiter es ging so weiter, es blieb in Gang, als
würde Schatz Henry dazu sein Rad drehen.

Mein Bruder fälschte Unterschriften und versteckte Zeugnisse, wie immer. Meine Tanten schleiften Mopbesen und Staubtücher durch dunkle Treppengehäuse und über schattige Flure, und ich habe es ihnen erzählt, an meiner Mutter Bett, meinem vom Schmerz verbogenen Vater gegenüber — ich hör mich's wieder und wieder sagen: «Wir haben ein Häuschen, Sammy und ich, wir ziehen um, nett, nicht?» «Schade für Steffen, schade für uns alle, aber deine Zukunft geht vor», hat mein Vater fast zahnlos und betrübt mehr zu Mutter, Bruder Steffen und Tanten gesagt. «Rosie ist auch aus dem Haus», hat meine Mutter gesagt, und beim Versuch, sich auf die andere Seite zu drehen, weil sie weinte, weil sie — sie hat gejammert, aber nur wegen Ischias. Mondsichelgesicht meiner Mutter und ihre El-Greco-Augen, weißt du noch. Und wir zogen aus mit Sack und Pack und fuhren die lange Strecke hierher, weit genug fort, und mir war's doch so, als kämen wir nicht vom Fleck. Und ich hatte nichts davon, von der Fahrt, die Strecke war auch langweilig, aber seit wann fand ich Strecken langweilig, ich hab mir doch immer viel aus Landschaften gemacht, aus Wegstrecken samt und sonders, ich hab immer was übrig gehabt für jede Art von Gegend, ich meine, wenn ich wußte: hier mußt du nicht bleiben, ich fahr gern durch, Sammy — oh früher, unsere Fahrten, als wir noch fuhren, unsere kleine Kutsche, Sammy, als dies noch bestand, ich meine — Etwas ist schiefgegangen, mit allem, mit uns, mit uns allen.

«Daisy, Daisy, give me your answer do / I'm half crazy, all of the love for you / It wouldn't be a stylish marriage / I can't afford a carriage / But you would look sweet / Upon the seat / Of a bicycle built for two.» Was meinst du wohl, Sam, warum mag ich Hamster Henry so, warum wohl, Sammy. — Tztztz! — «Oh Ehrenburg, sei nun gegrüßet mir» — Schön, was? He Sammy, hübsch, nicht? Oh Ehrenburg! Hübsch, was?

Solche Sachen kommen vor, Mills Sache und meine, es ist nichts dabei, kaum was, wir haben nie viel Leidenschaft aufgebracht, ich nannte ihn nie Richard, ich sagte nie du, ich redete ihn nie an, Leidenschaft ohne ihn, das ja, wenn ich an ihn dachte, manchmal, aber auch nicht viel, nicht besonders, eher kam's mir komisch vor, daß ich — Und es wurde nie fertig mit uns, wir haben's nie abgeschlossen, so daß es also noch in Gang ist. Ja, kleiner Henry, in Gang. Er hatte zugenommen, Mills, na und? Schließlich schrieb er mir nie Übertreibungen von der Sorte: Ich verzehre mich nach dir. Klingt hübsch, was Sammy? Ich verzehre mich nach dir. Hmmmh. Oder: Ich schlafe nicht vor Sehnsucht. Nie, und wozu auch, und ich habe ebenfalls seinetwegen nie auf Schlaf verzichten müssen, weshalb also nicht erwarten, daß er, der dazu neigt, zugenommen hätte —

Singen! Wenn's nach mir ginge, würd ich viel öfter singen. «There is a flower within my heart / Daisy, Daisy / Planted one day on a glancing day» — Ich weiß nicht recht, zweimal «day», ich weiß nicht. «I and my Daisy-Belle / Whether she loves or she loves me not / Sometimes it's hard to tell / Yet I am going to shear a lot / Of beautiful Daisy-Belle» — Wie nett, daß ich euch beide habe, den Hamster und dich, Sam. Ach je. Warum muß ich dich bloß immer anstarren, Sam. Ich muß immer zu dir hinstarren und warten drauf, daß du — und hinstarren. Dabei bietest du wahrhaftig keinen besonders reizvollen Anblick, wahrlich nicht. Einmal, Samuel, einmal hast du mich an Mills erinnert, oder *warst* Mills, oben im Grenzkneipchen bei beschlagenen Fenstern und Regen in Los-wasweißich, Stella Artois gelb, heftig, bitter und alles in unsern Gläsern und der Schlagbaum, ich mag Grenzen, du, Grenzgegenden, und du oder Mills, einer von euch war nett zu mir, wer's auch war, ein großer etwas erschöpfter etwas schwerfälliger Mann im weinroten Pullover, der war's, der war's, den ich liebte.

Tztztz! — Du, Sammy, merkst du was? Merkst du was? Es riecht danach, doch doch, es riecht nach dem Teezeug meiner Mutter, doch. Wir werden uns nicht einfinden zu ihrem Tee. Sie werden mit Bruder Steffen wieder stumm dasitzen und warten, daß wir kommen, Tee für Tote, bah! Nach Bruder Steffens Tod und nach ihrem eigenen Tod und immer weiter Tee und die Warterei auf uns. Du kannst mir hundertmal sagen: dort trinkt keiner mehr Tee. Sag mir's ruhig, kannst du gern. Aber wenn auch wir's nicht aßen, das Teezeug, umsonst wurde's nie gebacken, die Tanten verschlangen es in der Küche, ich seh sie da am Herd mit ihrem Gezänk, und seh, wie sie sich raufen um dies Zeug, mit dem sie ihre greisenhaften willenlosen Darmtrakte vergiften: das bedeutet Wäsche Wäsche Wäsche für meine Mutter — Weißt du, Sam, wenn ich mich mal in meinen Singsang eingefunden hab — es geht mir um nichts weiter, um gar nichts, es ist ein Singsang wie Hamster Henrys Rennerei im Rad, ich drehe es weiter und weiter, ich rede es weiter und weiter, begreifst du das. Ich lege Wert darauf, daß du dies begreifst, Sam.

Oh ich mach mir Vorwürfe, Sammy, doch, immer noch. Sprich mich frei, ich fleh dich an. — Kaum waren wir weg, aus dem Haus mit Sack und Pack, saßen im Zug, unser Ziel weit genug weg, kaum war dies so weit und ging zu weit, da sah's übel aus bei ihnen: mein Vater bekommt verkochtes Essen, das meine Mutter, an ihr Bett im ersten Stock geschmiedet, kalt zu sich nehmen muß, das vergeudete Fett verfrostet, und die Tanten haben Streit. Ja Sammy, wir hätten bleiben sollen damals, oder — Doch, ich finde doch. Denn ich finde doch, die Sache mit Bruder Steffen war auch nicht lang genug her, ich meine, überwunden oder so. Oh Sam, man ist immer zu freundlich zu dir. Es ist schade, daß du so wenig Grips hast. Und auch Gemüt. Es fehlt einfach. Läßt mich hier sitzen damit. Ich werd's nicht los, sag, was du willst. Das war, als wir noch Tee miteinander tranken. An diesem Nachmittag regnet es. Es regnet und regnet, damals schon mein gefürchtetes Lieblingswetter. Es ist mitten in der Affäre mit Mills außerdem — eine zusätzliche Belastung für mich. Eine Zeit, in der du nie nett zu mir gewesen bist, Sam. Wir trinken Tee mit den Eltern und Bruder Steffen, es ist zwischen vier und fünf, wie immer, wenn mein Gedächtnis uns hierbei erwischt. Sammy, oh Sammy, treib mir's aus! Hast du verstanden? — Wir machen an diesem Tag, von dem ich rede,

unsern Spaziergang wie immer, wir zwei, und ich hoffe wie
jedesmal, daß wir nicht rechtzeitig zurückkommen zum Tee.
Aber wir kommen rechtzeitig zurück zum Tee, klar. Mir machten meine Pumps zu schaffen, weil die Absätze einsackten, es
war ja feucht vom Regen, und ich hatte die Pumps an, weil wir
ins Waldesruh wollten auf ein verfrühtes Bier — wie ich's
damals übertrieb, mitten in der Mills-Affäre, herrje. Ich geh
hinter dir her, Sam. Ich rede und rede. Ich bin nett. Ich bin
freundlich. Ich bin wie immer zu freundlich zu dir. Sam! Sam!
Samuel, ich rede mit dir! Nanjanjanjan! Njaaa! Hamster Hamster! —

Dieser Tee, je oh je! Ich kann so viel Sand drüber schütten wie
ich will, dies Loch bleibt. Also, wir kommen rechtzeitig zurück.
Wir waschen die Schuhe. Wir nehmen unten am Teetisch Platz,
im Rondell, wie wir als Kinder den Erker nannten. Jetzt sage
ich es, ich ertapp mich dabei, jetzt, mein Vater krümmt sich
erschrocken, meine Mutter versucht zu lachen, «Bruder Steffen—»
Ich hör's mich sagen, ich sag es: «Na dann bring dich doch um,
Bruder Steffen! Tu's doch! Wär's nicht das Einfachste, du mach-
test dir selber den Garaus» — ich hör mich lachen, ich lache.
«Tu's doch, tu's! Dann bist du alles los und die Eltern auch,
du Sorgenkind!» Ich lache. — So. Ich hab mich jetzt, erst jetzt
wieder gehört. Und ich habe auch ihn gehört, Bruder Steffen
lacht ebenfalls, Sam. Die andern lachen nicht, Sammy, und du?
Ich starr es an, dein unwandelbares Gesicht, dein Gesicht wie
das Zifferblatt einer alten Uhr, die stehengeblieben ist und nie
mehr gehen wird, dein Gesicht wie für immer. Verfrostet, wie
die unpünktlichen Mahlzeiten für meine Mutter, unterm kalten
Fett erstarrt, vereist, du hast nicht gelacht. Altes Denkmal, he!
Na und Bruder Steffen fragt mich doch tatsächlich: «Aber wie,
Hilda, he Schwester Hilda, wie soll ich's machen!» Wir kauen
und schlucken das viel zu süße und leicht verbrannte Teezeug.
«Hör auf», sagt mein Vater vielleicht, ich versteh ihn nicht gut,
dies Genuschel ohne Zähne, eklig, so schaumig und schüchtern —
es ist nicht angenehm. Ja. Ich habe mich seiner Sprechweise

auch damals geschämt, ja. Wirklich wahr. Na und ich sage:
«Furchtbar einfach, erhängen! Es kostet nichts. Schwester Rosie
und ich, wir leihen dir unser Hüpfseil von früher» — Herrje,
Sammy, du hättest uns sehen sollen, Schwester Rosie und mich,
als Kinder, ein Herz und eine Seele, bestimmt, wir waren irgendwo zusammengewachsen, nur: man sah es nicht. «Ruhe!»
hat wahrscheinlich meine Mutter gerufen. «Ruhe!»

Oh Mills, Mills — blaches Feld und unser albernes Herz-
klopfen, Mills! Unsere Songs, Mills, auf blachem Feld. «Schoolday, schoolday / Dear old golden rule-day» — Babababa. «My
dear old laughing sweetheart, I love you» — Ach wo: Laughing Water. Ein Indianerlied, Sam. «I love you.» Und das: «In
the shade of the old appletree / Where the love in your eyes I
could see» — Mmmmhh. Ist das nicht komisch? Jetzt bin ich
dazu da, mein Leben lang diesen Mann zu besingen, diesen Anfang von etwas. Und ich weiß *nichts* drüber. «Seems a won-
dersweet music to me» — Warst du's oder war er's, der eine von
euch mit etwas vorstehenden Zähnen und weinrotem Pullover,
der nett zu mir war? Blaches Feld mit Mills allzu geradem
Rückgrat und steifem Hals, Mills mit erhobenem Kopf tanzend,
diesem Mann gilt mein Singsang, diesem netten ziemlich schweren etwas erschrockenen Mann mein lebenslänglicher Singsang,
he Sammy, diesem Mann auf unserer Lichtung nahe unserer
Bank bei unserem Weg — Gelogen. Nicht wahr. Dies sind die
Stammplätze meiner Eltern, und sie: nicht zu vertreiben. — He
Sammy, weißt du, was ich sehr mag? Strandpromenaden. Meer-
dämme. Marine Parade. Herrje, hamm wir viel Nettes miteinander gehabt. Sachen, um die ich mich noch kümmern muß.
Ich mit dem Mann, der nett war, mit dem ich alles mögliche
anfing und wegließ, Mills oh Mills oh Sammy, was wir weg-
ließen und noch weglassen, was wir nicht tun, was wir doch
weitermachen, was wir wiederholen, stockend ja, und mit ver-
schluckten Noten, ganzen Zeilen, ganzen Kapiteln, weitermachen, in Gang halten, das Rad drehen, dies alles wiederholen
und fortsetzen — Sammy, ja! Wir Steppentiere, du und ich un-

ermüdlich, und so ist's recht. Sammy, weißt du: Mills, wenn ich an den denke! Er war auch so, wie alles, bestimmt und unbestimmt, ich weiß nicht, wie eine Waldgegend, irgendeine, geometrisch und dann verzettelt, immer beides. Es ist immer beides, schön und nicht schön.

Und auch nach ihrer aller Tod, doch. Bestimmt. Es geht weiter damit und beschäftigt mich. Es sind noch meine Angelegenheiten. Teezeugbacken, Ischias, nasse El-Greco-Augen, Bittschriften und sämtliche Spaziergänge, all dies Chronische rings um mich, belehr *du* mich nicht über ewiges Leben. Gefälschte Unterschriften und was man dagegen unternehmen kann, es geht weiter damit, was kann man dagegen unternehmen, ich frag dich, fragt Hilda, was kann man dagegen tun, daß Bruder Steffen versagt hat und nicht aus noch ein weiß, *noch immer!* Fragt Hilda! Häng dich doch auf! Rabe Steffen, roter Milan! Sammy, auch das Erhängen, auch das, es geht weiter, es währt — findest du nicht? Ich meine, mindestens so lang Hamster Henry in seinem Rad läuft und ich drüber rede, das mein ich. Hör auf, he Henry! Hör auf, Hamster! Willst du wohl, du! Schluß! Hör auf mit der Rennerei und bleib stehn, bleib endlich stehn! – Hamster Hamster! Oh nein, Henry Hamster-Schatz, verzeih! Verzeiht mir, Henry, Sammy, und alle. Lauft weiter und verzeiht mir.

Sammy! Ich finde nun doch, es macht nichts. He Sammy, ich finde nun doch, das schadet nichts. Auch zum Beispiel, daß man zu freundlich ist, zum Beispiel. Zu dir, Sammy. Es macht nichts. Wirklich, Ich meine, es ist *nett*. Findest du nicht?

Der Bruder

Evi hatte wieder ein caritatives Kleid an, ihre dankbare sächsische Schneiderin schätzte große Zierknöpfe, die verunzierten, auch Schnallen Schleifen Riegel möglichst in Hüfthöhe und ohne Wert außer dem, auf Breite hinzuweisen.

Anna lobte das Kleid und genoß seine Häßlichkeit. «Sagt man da nun: dein sogenanntes DDR-Kleid?»

«Mein Kleid aus der sogenannten DDR», sagte Evi. «Sehr einfach, finde ich. Was hast du bloß?»

«Ich nehme diese drei Buchstaben überhaupt nie in den Mund», schrie eine kleine runde Frau, die Anna noch nicht kannte. Sie stürmte in die Küche. «Warum sagt ihr nicht Zone, sagt doch Zone!» Die Kleine drängte sich aus einer Art Cape, riß einen weißen Hut von plattgedrückter blonder Frisur und wurde als Liese vorgestellt.

Evi zog Anna, den Neuling, von den andern weg ins Speisekammer-Eck, dann schob sie die Freundinnen aus der Küche, ließ aber die Tür offen. «Macht's euch bequem, ihr Süßen. Anna und ich werden uns für euch abrackern.»

Jemand krisch auf, jemand sagte «um so besser», jemand stellte das Radio an. In der Küche sah Anna sich zwischen Kuchen, belegten Broten und Geschirrstapeln eingeengt. Überall klebriges Besteck, da ein Schnittlauchhäufchen, dort, wie ertrunkene Mäuse, nasse braune Filtertüten.

«Die Große, Magere, die Durchtrainierte, lach nicht, das ist Ria Frank, unser aller Stolz», sagte Evi. «Sie gibt Deutsch und Sport bis zur Obertertia am FG.»

«Weiß ich doch. Sie unterrichtet meinen Bruder», sagte Anna.

«Oh wie fein, Schatz», rief Evi, «wie fein!»

«Sie streicht sämtliche Fremdwörter an», sagte Anna und hatte jetzt Evis Küchencognac entdeckt.

«Ihr werdet euch fantastisch ergänzen», sagte Evi. «Und die eben mit Rialein spricht, das ist Ella Sebach. Ihr Mann verlegt Militärzeitschriften und so, bitte zier dich nicht, einer muß diese Dinge tun. Außerdem besitzt sie ein Pferd. Wir alle bewundern sie.»

«Ihr alle seid neidisch auf das Pferd.» Anna hob die Flasche, drehte am Schraubverschluß und starrte auf Evis Rücken.

«Liese, die süße mollige Blonde —»

«Die mit den drei Buchstaben —»

«Wie bitte?»

«Ich meine, Liese ist die, die Zone sagt.»

«Natürlich. Mach bloß kein Theater.»

Anna hob die Flasche.

Evi, während sie mit der Nagelschere Schnittlauch auf Tomatenscheiben schnipselte, rief, die Stimme naß vor Appetit: «Liese hat zwei Kinder, die auch schon reiten.»

Anna hatte endlich einen Schluck bekommen und wollte einen zweiten.

«Und spielt auch Klavier, Liese. Nun halt mir mal die Platte, so.»

Die riesige Reiterin Margot erschien. Beim Sport kamen ihr einige Männerhormone zugute. Anna kannte sie flüchtig. In ihrer gewohnten Aufmachung als Spanierin war sie diesmal mit langen Ohrgehängen fast ein wenig zu weit gegangen.

«Heimlichkeiten?» dröhnte sie, wie immer gut gelaunt. Es mißlangen ihr drei walzerartige Drehungen zu Anna hin, sie umfaßte Anna in Schulterhöhe, wollte sie mitdrehen, Anna wollte nicht, stellte aber die Platte ab, Evi war mit hochgefüllten Tellern im Weg. Ehe Margot den logischen Schluß aus dem ziehen konnte, was sie in Annas Nähe erschnupperte, trennte Evi die verzwickt verhedderten Frauen.

«Macht mich nicht eifersüchtig, ihr zwei. Trag das rein, Margot, reg dich. So.»

Anna fand Zeit, unbemerkt die Cognacflasche zu verschrauben.

«Du weißt, Ännchen, es sind politische Nachmittage, nicht bloße Kaffeeklatschs.» Evi quetschte an der ausgebeuteten Filtertüte herum.

Im Wohnzimmer waren sie laut. «Oh Kerzen, Evilein, Kerzen! Was für eine hübsche Idee!» Lieses Stimme, Lieses Gekicher.

«Wir diskutieren Politik», fuhr Evi fort. «So ungewöhnlich das sein mag. Da sagt man uns Deutschen nach —»

«Uns deutschen Frauen», rief Margot männlich. Ihr gigantischer Haarknoten, eine drohende schwarze Aubergine, wurde vorm Gangspiegel besser befestigt.

«Kurzum», sagte Evi, «du weißt Bescheid. Bitte beteilige dich am Gespräch. Aber vernünftig. Nicht zersetzend.»

«Versöhnungspolitik, das ist's was wir treiben», rief Ella beunruhigend norddeutsch. «Kann ich was helfen, Liebling?»

Sie halfen jetzt alle, bis auf Ria Frank, die, wie man es von ihr erhoffte, unweiblich-intelligent, aber blicklos über die Bücherregale starrte. Als die Freundinnen eine nach der andern, beladen mit Tellern, Kannen, Kännchen, Dosen, aus der Küche und an ihr vorbei kamen, griff sie sich aufs Geratewohl ein Buch, schlug es auf und simulierte Lesen.

«Ah, unsere kleine Gelehrte!»

«Die schöne Akademikerin, tz!»

Ria, weder klein noch schön, aber äußerst zufrieden, klappte erleichtert das Buch zu, seufzte allerdings wehmütig, um auf angebliche Schwierigkeiten mit der Unterbrechung ihrer angeblichen Lektüre hinzuweisen. Anna sah sie böse an, sie wartete auf einen bösen Einfall, während Evi sie vorstellte.

Anna nahm Rias Buch, las Titel und Verfasser und sagte: «Das war aber wohl nichts für Sie, oder etwa?» Sie lachte. «Ich meine, das ist ein Autor, der Fremdwörter gebraucht.» Sie lachte lauter. Sie spürte einen peinlichen schwierigen Genuß. «Bei meinem Bruder mögen Sie Fremdwörter nicht. Sie korrigieren seine Aufsätze.»

«Oh», rief Ria, «ist das —»

«Jaja, das ist er. Er verbindet auch Sätze nicht mit ‹und›. Pfui!» Ihre Stimme überschlug sich. Sie wußte, daß ihr Gesicht jetzt fleckig entstellt war. Der Cognac und die Aufregung.

Evi zog sie rüber zum Sitzarrangement. Dank Ella, der nördlich Kühlen, war Annas Aufsässigkeit hier unter den zum Essen und Trinken geneigten Frauen in einen normalen Unterhaltungsstoff umgewandelt worden. Ella fragte Anna nach dem Alter des Bruders. Anna mußte außerdem Liese zulächeln, die ihrer schwesterlichen Verteidigung Lob spendete, dann Margot antworten. Ihr Ton war aber doch immer noch zänkisch:

«Ungerecht? Ich finde solche Noten einfach albern. Einfach stupide. Er hat schon einen richtigen eigenen Stil, und dann steht eine dämliche Vier drunter. Es ist, Verzeihung, idiotisch.»

«Anna!» schrie Evi. «Werd nicht taktlos!»

«Laß doch», sagte Ria Frank mit pädagogischer Ruhe. «Man kann doch drüber reden.»

«Aber wir haben über Politik zu reden», rief Liese. «Oweh, Evi-Schatz, ich esse kaum noch Sachen mit Teig, gib mir also ruhig etwas mehr Sahne.»

Rias knochiges Gesicht war auf einmal Annas Auge zu nah. «Es mag ja guter Stil sein, hat aber mit Schulaufsatz und seiner Altersstufe wirklich nicht das geringste zu tun. Und Fremdwörter und Klammern und eigenwillige Grammatik, das soll nun mal nicht sein. Das ist einfach nicht schulmäßig. Erstmal muß das gelernt werden, was sein soll. Dazu ist die Schule da.»

Anna fiel plötzlich nichts mehr ein. Ihre Augen taten weh. Sie hatte Lust nach Cognac. Ihr war schlecht. Sie nickte, schüttelte den Kopf, grinste über Ria weg ausgerechnet in Ellas kaltes weißes Gesicht.

«Und warum drückt er sich bloß vorm Sport», fuhr Ria leise und stetig fort. «Warum bloß?»

«Oh, er mag keinen Sport?» schrie Liese. Ihr kleiner Mund war verzerrt vor Entsetzen und voll Sahne.

«Ja, er mag nicht», sagte Anna lahm. Sie dachte jetzt nur noch darüber nach, wie sie am leichtesten wieder zum Cognac gelangte. Sie würde irgendwas vielleicht in der Küche Vergessenes holen.

«He, ihr beiden», rief Evi, «paßt endlich auf, wir sind längst bei der Tagesordnung. Ella, sag's nochmal und lauter.»

Ella schluckte runter, richtete sich auf, sagte kühl: «Für Rassen-Antipathien muß man schließlich auch Verständnis haben. Man muß ganz einfach.»

«Reichst du mir mal diese da», tuschelte Margot und deutete.

«Es gibt ganz einfach gewisse Unterschiede», sagte Ella.

«Ich hab nichts gegen die Neger, aber —» rief Liese. «Nicht gegen den einzelnen Menschen.» Ihr törichtes Gesicht sah stolz und beunruhigt aus.

«Das ist es eben», meinte Ria laut. «Der einzelne Mensch. Auf den kommt's an. Den kann man gern haben, gewiß.»

Anna wußte es: Salz und Pfeffer.

«Es ist so nett, so wunderschön zu wissen, daß ihr Erzieher so denkt», sagte Ella, «So menschlich. Wirklich, Ria.»

Sie murmelten alle dankbar vor sich hin, meistens mit nicht ganz leerem Mund.

Anna stand auf, damit erschreckte sie bloß Evi. «Ist was los?»

«Salz und Pfeffer, laß nur.»

Endlich allein in der Küche. Rasch trank sie. Ihr wurde zuerst etwas besser, dann etwas schlechter. Wieder reingehen? Womit könnte sie diese Frauen vergiften? Sie goß den Cognac-Rest in Evis Spülbecken. Sie wusch Evis hausfraulich bekritzelte Schiefertafel ab und schrieb mit Druckbuchstaben auf: «Die Aufsätze meines Bruders lassen alle geistigen Anstrengungen seiner Lehrerin weit hinter sich.» Dann schlich sie aus der Küche, über den Gang, aus der Wohnung, das politische Gegacker der Frauen schützte sie.

Während des Heimwegs ärgerte sie sich nutzlos weiter, sie konnte nicht aufhören damit, es machte ihr zu schaffen, daß sie getrunken hatte, daß sie sich mit Ria Frank gezankt hatte und in deren Augen und in denen der andern Frauen unterlegen war, trotz der Inschrift auf Evis Tafel, aber über die ärgerte sie sich auch. Es war heiß, sie eilte sich, wozu – dauernd war jemand im Weg auf den vorstädtischen Trottoirs, also ärgerte sie sich über die Passanten, über jeden einzelnen.

Aber das Haus war angenehm kühl, außerdem schien es sogar leer zu sein. Im ersten Stock ihr ruhiges Zimmer, ihr dämmriges grünes Zimmer, in das die Platane fast hineinwuchs – ihre zwei Sessel, ihr Bett, man konnte sich draufwerfen, und sie tat es, hatte aber nichts davon. Sie hockte am Bettrand und wartete ab. Jetzt hörte sie es. Langsam und laut wurde im Zimmer nebenan auf einer Schreibmaschine gehackt. Beharrlich, zögernd folgten Buchstaben aufeinander und ergaben die befremdlichen Sätze der schulwidrigen Prosa ihres Bruders. Anna stand auf und ging hinüber.

Der Bruder saß am Schreibtisch und fuhr fort zu hacken. Er sah sich nicht nach Anna um, er hackte weiter und fragte laut: «Na und? Hast du's ihr gegeben?»

«Allerdings.»

Anna stellte sich hinter dem Bruder auf, sie konnte die Zeilen anwachsen sehen.

«Das ist gut, das da, findest du nicht?» fragte der Bruder. Er hatte einen klebrigen schmutzigen Zeigefinger, mit dem er in seinem Manuskript herumdeutete. Anna starrte hin.

«Wie findet du's, hm? Hier, das da. Ziemlich gelungen, hm?» Der Zeigefinger tippte wieder gegen die Tasten. Es hackte in Annas Kopf herum.

«Ich find's nicht gut», sagte sie schwerfällig und deutlich. Sie starrte immer noch auf das ruckende Blatt, auf den Zeigefinger, auf den großen geduldigen beschäftigten Rücken des Bruders. «Ich find's schlecht», sagte sie langsam, so träge und hartnäckig wie das Tippen, Wort für Wort.

Langsam ging sie aus dem Zimmer, dann treppab, durch den kühlen Flur im Parterre, durchs große Wohnzimmer, das viel dunkler war als ihr Zimmer oben. Auf der Terrasse blieb sie einen Augenblick stehen und hörte die Schreibmaschine nicht mehr. Sie ging weiter in den Garten. Alles war verbrannt, das Gras schmutzig. Von hier aus wirkte das Haus riesig, die Platane und das Haus waren die einzigen, die den Sommer gut überstanden hatten. Annas offenes Fenster und dahinter die schwarze Höhle ihres Zimmers. Am Fenster nebenan entdeckte sie für Sekunden das blasse runde Gesicht des Bruders, sofort verschwand es wieder.

Anna drehte sich weg vom Haus. Der Bruder tippte nicht mehr. Es war ruhig. Sie ging tiefer in den Garten. Hier war sie zu weit weg von seiner Schreibmaschine, um zu hören, ob er vielleicht wieder tippte. Fang wieder an, mach weiter! Sie hätte es gern hinaufgeschrien in sein offenes Fenster. Ich find's gut, ich find's gelungen! Sie bückte sich nach einem Stein und warf ihn weg, um jemanden zu treffen. Aber da war keiner. Der, den sie verwunden wollte, der den Bruder beleidigt hatte, der war nicht zu finden.

Heimlich

Wir stahlen uns aus dem Haus. Aber Autotüren kann man nicht
leise zumachen. Es wird also irgendein Kopf an irgendeinem
Fenster erschienen sein. Ein Gesicht wird Wache gehalten haben, bis wir aus dem Tor und die Ringstraße runter waren.
Tanken, Halten vor Ampeln und Stopschildern — Stationen, die
ich schätze. Hinter Botanischem Garten und Vivarium hört die
Stadt auf, die Karl Behrmann Allee verkümmert zwischen
Schreberkolonien und wird dann Chaussee. Oktober und die
passende Beleuchtung, die Gegend paßt zum Oktober. Während
der übrigen Jahreszeiten ist sie nicht so erträglich. Bertold re-
gulierte an Fenstern und Schiebedach rum, wir redeten kaum
was. Ich dachte: geschafft, es hat uns niemand aufgehalten. Ich
war ziemlich erledigt, aber es ging mir ganz gut dabei. Die
Fahrerei macht ja doch immer wieder Spaß. Einmal legte Bertold seine rechte Hand auf meine über den Knien verschränkten
Hände. Nett, aber zu so was ist während der Fahrt nie lange
Zeit. Später im Park schon. Wir gingen am Restaurant vorbei
und gleich in den Irrgarten. Bertold kannte ihn, von einem Podium aus hatte er ihn studiert. Er wollte mich ohne einen Fehler
zum Mittelpunkt und wieder zurück zum Ausgang führen. Die
Weißdornhecken, oder Rotdornhecken, das struppige Zeug
reichte mir ungefähr bis zu den Schultern. Bertold hat zur gleichen Zeit mich umarmen wollen und die Leute auf dem Podium
gesehen. Von dem Hochstand aus verfolgten uns die Leute, ein
älteres Ehepaar, anscheinend mit überraschter Genugtuung,
weil wir fehlerfrei durch die Irrwege rannten — wir rannten,
weil sie uns wahrscheinlich fotografieren wollten. Dann führte
Bertold mich zum Schlößchen. Auf dem Weg dorthin, durch
eine Art Wald, haben wir uns geküßt. Ein junges Mädchen lief

vor uns her, mit der linken Hand schob es einen Kinderwagen, mit der rechten hielt es ein Heft, aus dem es beim Gehen las. Bertold hat während unseres Kusses über meine Schulter weg das Mädchen im Auge behalten. Der Park ist 360 Morgen groß, zum Teil kultiviert und überschaubar, zum Teil wild. Es gibt immer wieder Durchblicke, der Park ist so angelegt. In der Ferne sieht man einen Bahndamm, man sieht Äcker und einen Hof, der Park endet in der merkwürdigen Oktobergegend. Wir hätten lang rumgehen können, aber bei uns ist dafür immer die Zeit zu knapp. Das Schlößchen war schon eine wahre Eskapade: Zwanzig Minuten Führung. Ein frühklassizistisches Gebäude mit übermäßig vielen Fenstern, Sommerresidenz. Die freundliche kleine Alte, die uns führte, hatte ein violettes Ekzem in der Form von Italien links auf der Schläfe. Es war kühl und zugig, es war schön. Sie erklärte im Dialekt Gemälde, Originaltapeten, Originalfensterscheiben in Bleifassung, war stolz auf den Spiegelsaal, auf das Sandsteintreppenhaus, alles schien ihr Verdienst zu sein. Mir gefiel es. Aber ich habe bloß immer gedacht: schade, daß ich es keinem erzählen kann. Bei Unternehmungen mit Bertold geht es mir nicht mehr so wie früher, ich habe früher gern Sachen geheimgehalten. Ich dachte mir gar nichts dabei, sonst kam auch nichts in Frage, nur geheimhalten. Ich würde gern Sachen wie den Nachmittag mit Bertold weitererzählen. Sachen wie unsere abgebrochene Rast am See, es kamen Leute. Oder von dem Eis, das wir später im Restaurant-Garten gegessen haben, ich würde gern meinen naschhaften Eltern dies Eis empfehlen, ausgezeichnet und preiswert, ich würde gern meinen beiden Geschwistern von dem Zwerghahn Philipp erzählen – uns beide haben die Hühner gestört. Bertold hat die Kellnerin gerufen und auf den Hunger der Hühner hingewiesen. Weil wir keinen Kuchen aßen, fanden sie nichts zwischen unsern Füßen. Es tut mir leid, ich kann auch nichts von dem Kind erzählen, das mir zulief und Tante sagte. Ich sollte sein Uhrarmband überm winzigen Handgelenk verschließen. Das Zifferblatt überragte rechts und links das warme klebrige Handgelenk.

Bertold verbot mir, dem Kind nachzugeben, er vermutete, es habe die Uhr gefunden. Fundbüro, Verwaltung, Polizei — damit wollten wir uns nicht aufhalten. Nach knapp zwei Stunden fuhren wir wieder zurück. Die Gegend sah noch besser aus, noch mehr Dunst. Ich mag flache Gegenden und die Richtung Abend, Westen. Wir stahlen uns wieder ins Haus, Bertold mir nach, wir trafen meine Eltern nicht, meine Geschwister nicht, ich nehme an, sie wachten hinter verschlossenen Türen und respektierten diese Rückkehr. Am Fenster richtete ich mich ein, Blick auf unsere Kiefer, Gedanken im Park. Heimlich, auch heimlich. Bertold, mein Mann, reklamierte bald darauf das Abendessen.

Im Verlag Langewiesche-Brandt, Ebenhausen bei München

Ivan Goll: Malaiische Liebeslieder
Die deutschen Originalfassungen und die eigenen
französischen Übersetzungen Golls.
128 Seiten, engl. brosch.

Friedrich Huch: Pitt und Fox
Die Liebeswege der Brüder Sintrup. Roman.
276 Seiten, Ganzleinen

Sarah Kirsch: Landaufenthalt
Sarah Kirsch: Zaubersprüche
Sarah Kirsch: Rückenwind
Drei Bände Gedichte.
Je 80 Seiten, engl. brosch.

Sarah Kirsch: Die Pantherfrau
Fünf Frauen in der DDR sprechen von ihrem Leben.
Erzählungen aus dem Kassetten-Recorder
112 Seiten, engl. broschiert

Kurt Kusenberg: Gespräche ins Blaue
13 improvisierte Tonband-Dialoge.
120 Seiten, engl. broschiert

Paula Ludwig: Dem dunklen Gott
Ein Jahresgedicht der Liebe.
96 Seiten, engl. broschiert

Paula Ludwig: Träume
Aufzeichnungen aus den Jahren zwischen 1920 und 1960.
160 Seiten, engl. broschiert

Andreas Nohl: Verfolgung des Bartholomé
Erste Erzählungen.
112 Seiten, engl. broschiert

Albert von Schirnding: Bedenkzeit
Gedichte und Prosa.
80 Seiten, engl. broschiert

Florian Schwinn: Bericht vom Stundentraum
Erzählungen – Auskünfte über die Jugend
96 Seiten, engl. broschiert